추억의 정원

러스킨 본드 Ruskin Bond
러스킨 본드는 1934년 히마찰 프라데시Himachal Pradesh의 카사울리Kasauli에서 태어나
잠나가르Jamnagar, 데라둔DehraDun, 시믈라Shimla 등에서 성장했다. 그는 젊었을 때 채널 아일랜드와
런던에서 4년을 보냈으며 1955년 인도로 돌아온 이후 인도를 떠나지 않았다.
17세에 처음으로 쓴 소설 《지붕 위의 방The Room on the Roof》으로 1957년 존 렐레윈 라이스상John
Llewellyn Rhys Prize을 받았으며, 3백 편이 넘는 단편, 수필, 중편 그리고 30편의 동화를 썼다. '뛰어난
문학적 우수성을 보인 작품들' 이라는 평을 들으며 1993년에는 '사히탸 아카데미상Sahitya Akademi' 을
받았고, 1999년에는 파드마 슈리Padma Shri 훈장을 수여 받았다. 그중 《작가의 삶에서 본 풍경Scenes
from a Writer's Life》은 인도에 사는 영국인으로서의 성장기를 다루고 있으며, 《등불을 밝히다The Lamp is
Lit》는 그의 일기에서 발췌한 수필과 에피소드 모음집이다.
그는 현재 무쑤리Mussoorie에 있는 란두르Landour에서 입양한 가족과 함께 살고 있다.

김효명(옮긴이)
한국 외국어대학교 정치외교학과를 졸업한 뒤 전문 번역가로 활동하고 있다.
옮긴 책으로 《임산부를 위한 요가》《질병을 치료하는 요가》《헤드 마사지》《아이 사랑 행복 마사지》
《우리 몸을 살리는 건강 주스》《판타지 레퍼런스》《노로고》《인터넷 시대의 일벌레들》등 여러
가지가 있다.

추억의 정원

초판 1쇄 인쇄 | 2003년 10월 15일
초판 1쇄 발행 | 2003년 10월 20일

지은이 | 러스킨 본드
옮긴이 | 김효명
펴낸이 | 양동현

펴낸곳 | 도서출판 나들목
출판등록 | 제 6-483호
주소 | 서울 성북구 동소문동4가 124-2
대표전화 | 02) 927-2345 팩시밀리 | 02) 927-3199
이메일 | academybook@hanmail.net

ISBN | 89-90517-10-9 03840

ⓒ 나들목, 2003

잘못 만들어진 책은 구입한 곳에서 바꾸어 드립니다.

www.academypub.com

추억의 정원

러스킨 본드 지음 _ 김효명 옮김

were you..
should call the

나들목

차 례

이 모음집에 들어간 대부분의 이야기는 최근 몇 달 동안 쓴 것이지만, 몇 편은 나의 유년기와 청년기를 배경으로 하고 있다. 데라던의 할머니 집에서 살았던 어린 시절과, '돈 없이 살던' 시절의 프리랜서 작가 시절을 어느 정도는 자전적으로 그린 이야기다.

우리는 상황에 묶여 있는 동물이다. 유전자가 우리의 생리적인 측면을 만든다면, 우리의 환경은 우리의 인격을 형성한다. 노스탤지어는 과거에서 좋은 것을 보존하려는 시도이다. 그러나 내 이야기는 그저 노스탤지어에 관한 것이 아니다. 내 이야기는 성장 과정이 현재의 우리를 어떻게 만들었는지를 보여 준다. 데라던이나 시믈라 고개 대신 스코틀랜드나 잔지바르에서 자랐다면 다른 인격을 가진 사람이 되었을까? 그렇지는 않았겠지만, 자라면서 만났을 사람들은 전혀 달랐을 것이고, 성장과 삶의 방향은 종종 타인의 영향을 받게 된다.

〈어둠이 깃들 때〉는 허구지만, 나는 소년 시절에 방을 떠나지 않고 식사를 마치면 빈 그릇을 문밖에 내놓는 사나이를 알고 있었다. 그의 이유는 달랐다. 사나이는 문둥병 환자였고, 그 시절에 문둥병 환자는 사회에서 배척당했다. 지금도 일부 지방에서는 여전히 그들을 배척한다. 마르캄은 다른 이유로 배척당했지만, 그 역시 상황에 지배 당한 동물이었다.

만약 수잔나가 어린 시절에 남성에 대한 증오심을 키우지 않는 방향으로 자랐다고 해도 여전히 남편들을 파멸시켰을까? 반대의 성을 가진 사람을 지배하는 것이 그녀의 타고난 성격이었을까? 어떤 사람들은 즐거움을 위해 산을 오르고, 어떤 사람들은 정상을 정복하기 위해 오른다. 성불능이었던 내 젊은 날의 친구는 끊임없이 산 정상을 정복해 나갔다. 언젠가 그는 정상을 정복하는 것이 여성을 정복하는 것 같다고 비밀을 털어놓았다.

〈어둠이 깃들 때〉의 탄생에 대해 한 마디. 이 이야기는 내가 소년이었을 때 정말 재미있게 본 영화 〈오페라의 유령〉의 메아리가 담겨 있다. 클라우드 레인즈(Claude Rains)는 미친 천재의 역할을 멋지게 열연했고, 넬슨 에디(Nelson Eddy)의 중후한 바리톤은 오페라 장면에 진실성을 부여했다. 그러나 마르캄은 미치광이 천재가 아니다. 그는 나나 당신처럼 정상이다. 오히려 더 정상적일지도 모르겠다. 그의 외모가 일그러진 것은 우연이었다. 비슷한 상황에서 우리는 어떻게 반응했을까? 마르캄처럼 세상에서 숨을까, 아니면 얼굴의 반만을 내놓고 나올까?

쉬운 선택이 아니다, 친구여.

*

지난 주에 수명이 짧은 웹사이트 중 한 곳에서 젊은 여성이 찾아와 나를 인터뷰했다. 그녀는 인생에 후회가 없느냐고 물었다.

나는 심사숙고했지만, 어떤 사람에게는 더 친절하고 사려 깊게 대해 주어야 했고, 다른 어떤 사람에게는 강하고 물러서지 않는 모습을 보여 주었어야 했는데 하는 생각 말고는 구체적이거나 심각한 후회를 떠올릴 수 없었다. 그것은 아마 대부분이 갖고 있는 후회인 것 같다. 토르퀘이 축구 'B' 팀에 들어가지 못한 것 말고는 그다지 불평할 게 없다는 생각이 들었다.

젊었을 때 영국에 있었다면 더 성공적일 수 있었을까? 이것은 내가 많이 받는 질문이다.

솔직히 그렇지는 않다고 생각한다. 나의 영감과 주제는 항상 인도에서 성장하면서 얻은 경험과 배경에서 나왔다. 내가 연관을 맺고 있는 인도의 사람들, 풍경, 분위기 그런 것들……. 서양은 절대로 이런 식으로 영향을 주지 못했다. 젊었을 때 영국에서 4년을 보냈지만, 그곳에 있던 시간이나 경험은 인간 자체로서의 나, 혹은 작가로서의 나에게 거의 아무런 인상도 주지 못했다.

만일 영국에 계속 머물렀다면 무엇을 쓸 수 있었을까? 그때 나는 영국 문학에 흠뻑 빠져서 영국에 갔었다. 내 마음은 빅토리아 시대, 조지 왕 시대의 소설가와 시인들로 가득 차 있었지만, 전후 런던의 현실은 피크위크와 드론스 클럽이 존재하는 세상과 전혀 달랐다. 나의 현실은 인도였다. 그리고 내 문학적 포부를 만족시키려면 인도를 더 많이 접하고 영국을 덜 접해야 했다. 그래서 인도로 돌아왔고, 작은 마을의 분주한 길을 넘보는 발코니가 있는 작은 플랫에 살면서 돈을 받지 못해도 이야기와 수필을 계속 쏟아냈다. 바로 그것이 내가 언제나 원했던 것이었다. 자유였다. 오스트레일리아의 직업이라든가 광고계일 때문에 그것을 버릴 수는 없었다. 내가 뿌리 내린 땅에서 뿌리뽑힐 수는 없었다. 더군다나 나의 독자는 모두 인도에 있었다.

질문자의 다음 질문은 난데없이 튀어나왔다. 결혼하지 않은 것을 후회합니까?

그것은 내가 별로 생각해 보지 못한 것이었지만 대답을 입 밖으로 내뱉어야 했다. 나는 독신으로 사는 것을 후회하지 않는다고 인정했다. 결혼은 분명히 괜찮은 제도라고 생각하고, 대부분의 친구들도 결혼해서 인류의 연속성에 가치 있는 기여를 하고 있다. 하지만 나는 기본적으로 이기적인 사람이고, 결혼을 하게 되면 지금까지 독립적으로 즐겨 왔던 인생의 상당 부분을 포기해야 한다. 이런 면에서는 호노리아 글로솝(Honoria Glossop) 같은 거대하고 위압적인 여성이 어머니처럼 굴고 귀찮게 하는 것을 두려워하는 P. G. 워드하우스의 버티 우스터(Bertie Wooster)와 비슷하다. 내가 보기에 이 세상에는 호노리아 글로솝 같은 여성이 가득하다. 나를 보호해 줄 집스는 없지만, 나에게는 프렘과 그의 가족이 있고, 그들은 누구보다도 나를 잘 보살펴 준다. 나는 이런 합동 가족에 대찬성이다. 특히 여기서는 내가 주요 수혜자이다.

고개에서 살기 위해 도시를 포기한 것을 후회합니까?

대답은 단호한 '아니오' 였다. 이것은 의식적인 선택이었다. 나는 거의 어디에서든지 글을 쓸 수 있다. 기찻간도 좋다. 나는 글을 쓰기 위해서라기보다는 살기 위해서 고개를 선택했다. 산은 인간이 얼마나 초라한지 깨닫게 해 준다. 그리고 군중 속에 삼켜지지 않고 개인으로 남을 수 있다. 나는 도시를 방문하는 것을 좋아한다. 나는 인도의 평원을 여행하는 것을 좋아한다. 사막에 경이감을 느낀다. 그리고 고개의 집으로 돌아오면 언제나 좋다. 키플링(Kipling)은 숭고한 한때에 '고개로 가는 사람은 어머니에게 가는 것이다' 라고 쓴 적이 있다.

그럼 전혀 후회가 없습니까? 돈을 더 벌고 싶다거나, 더 많은 곳에서 출판하고 싶지 않은가요?

물론 그러면 좋겠지만, 나에게 만족, 때로는 행복을 가져다주는 생활을 버리면서까지 그렇게 하고 싶지는 않다. 인도와 해외 문학계에서 추앙받는 것에 대해 아주 만족해 하는 작가들이 있겠지만, 나는 언제나 문학계의 사람들에게서 떨어져서 홀로 작업했다. 따라서 나는 지식인들이 모이는 칵테일 파티에 가면 불편하고, 그런 자리에서는 칵테일과 지식인들 역시 나에게서 멀리 도망간다.

다시 인생을 산다면, 다르게 행동하고 다른 사람이 되려고 노력할까요?

그럴 것 같지는 않다. 작가는 자신의 환경 안에서 살고 글을 써야 한다. 나는 이렇게 해 왔고, 다시 한다 해도 그렇게 할 것이다. 내가 어렸을 때 세상을 떠난 아버지와 몇 년 더 함께 시간을 보낼 수 있었다면 좋겠다. 어쩌면 그것은 상황을 바꾸었을 것이고, 나에게 찾아온 기회도 달라졌을 것이다. 하지만 그렇지 못했다. 그것은 선택이 아니라 우연이었다. 우연은 우리에게 선물을 주고, 빼앗고, 다시 준다.

대답은 '아니오'이다. 내 인생을 다시 살 기회가 있더라도 바꿀 것은 그리 많지 않다. 내 자주색 양말도 바꾸지 않을 것이다.

어둠이 깃들 때

마르캄은 피서지에 자리잡은 오래된 엠파이어 호텔의 더 이상 사용하지 않는 지하실 작은 방 안에서 여러 해 동안 혼자 살아왔다. 그는 군인 연금으로 방세를 내고 기본 필수품은 구할 수 있었지만, 결코 바깥 세상으로 나가지 않았다. 적어도 낮 동안에는. 그의 성격이 내성적인 탓도 있었지만, 그보다는 얼굴이 별로 보기 좋지 않았기 때문이었다.

전쟁 당시 마르캄은 미얀마에 있었다. 한참 전쟁을 치르던 중 그의 참호 근처에서 폭탄이 터지는 바람에 얼굴이 전부 날아가 버렸다. 당시 성형 수술 기술은 초급 수준에 머물러 있었다. 의사들은 마르캄에게 인조 코를 붙여 줄 정도로 노력을 아끼지 않았지만, 그의 모습은 원래대로 돌아오지 않았다. 영원히 파괴되었다고 말해도 좋으리라. 외출하는 경우는 드물었지만 어쩌다 낮에 밖에라도 나갈라치면 사람들은 그를 말기 상태의 문둥병 환자로 오인하여 피해 버렸다.

전쟁이 일어나기 전부터 잘 알고 지내던 호텔의 늙은 관리인 네기가 마르캄에게 지하방을 내주었다. 그 당시 네기는 초보 객실 담당원이었고 마르캄은 혈기왕성한 보조 매니저였다. 마르캄은 의욕적이고 젊은 네기가 객실 담당에서 바텐더로, 바텐더에서 사무원이 되는 것을 도와주었다. 마르캄이 전시에 입대할 무렵 네기는 더 승진했다. 마르캄은 지금 60대 후반이었고, 네기도 그보다 그리 적지는 않았다. 전후 불경기, 그리고 독립 후 불경기가 지나고 피서지는 다시 부흥기를 맞이했다. 그러나 네기와 마르캄은 다른 시대, 다른 시간, 다른 장소에 속하는 사람들이었다. 오래된 호텔도 마찬가지였다. 나날이 쇠락해만 가는 엠파이어 호텔은 옛 명성과 평판에 매달려서 겨우 명맥만 유지했다.

"우리는 죽었는데, 눕지도 못하는구나."

마르캄은 농담을 했지만, 스스로도 우습다고 생각하지는 않았다.

그는 날이면 날마다 벽에 걸린 조그만 액자 하나 없는 간소한 방에서 독서를 하거나 단파 라디오를 듣는 것밖에는 달리 할 일이 없었다. 그러나 밤이 되면 넓은 호텔 부지를 배회하고, 대낮에도 인적이 없는 산책로에서 자정의 산책을 하기 위해 밖으로 기어나왔다.

이렇게 바깥 세상을 '침공' 하는 동안에는 얼굴을 조금 가리는 오래된 중절모를 썼다. 그는 가면을 써 보기도 했지만, 그것은 차라리 사용하지 않는 편이 나았다. 그것을 본 사람들은 매우 공포스러워했다. 특히 가로등 밑에서 보면 더욱 흉측했다. 밤 늦게 호텔로 걸어 돌아오던 어떤 신혼부부는 마르캄의 얼굴을 마주치고는 다음날 아침 황급히 도망치듯 피서지를 떠나 버렸다. 개도 가면을 싫어했다. 마르캄이 다가가면 개들은 사납게 짖어댔고 가면을 벗은 다음에야 멈추었다. 개들은 그의 얼굴에는 개의치 않았다.

어느 날 늦은 시간에 집으로 돌아가던 한 경찰이 마르캄을 도둑으로 의심해서 말을 걸고 가면을 벗겼다. 코와 턱이 없고 눈 또한 하나 없는 마르캄은 일그러진 미소를 지었고, 경찰은 깜짝 놀라 도망쳐 버리고 말았다. 도둑과 악당은 상대할 수 있었지만, 지옥에서 그대로 빠져나온 귀신은 어찌할 도리가 없었던 모양이다.

네기 말고 몇 사람 더 마르캄의 존재를 알았다. 절름발이 개나 소의 모습에 익숙해지듯이 그들은 여러 해 동안 지내면서 마르캄의 모습에 익숙해진 가난한 노동자들이었다. 정원사, 청소부, 세탁부, 야간 수위는 그를 '어떤 존재'라고 인식했다. 그들은 그를 쳐다보지 않았다. 외눈을 가진 사람은 악하다는 소문이 있었는데, 마르캄의 외눈이 발산하는 해악스런 눈길은 그런 미신을 믿는 사람에게는 충분한 증거가 되었다.

마르캄은 호텔의 하급 직원들과 전혀 문제를 일으키지 않았고, 현명하게도 호텔의 로비, 바, 식당, 복도에는 가지 않았다.

그는 손님을 도망가게 하고 싶지 않았다. 그렇게 되면 자신의 자유도 끝나게 되리란 걸 잘 알고 있었다. 거의 찾아오지 않는 호텔 주인은 마르캄의 존재를 알지 못했다. 호텔의 동쪽 건물에 사는 그의 부인도 몰랐다. 물론 마르캄은 그쪽으로 가지 않았다.

호텔 부지는 매우 넓었는데, 거기에는 사용하지 않는 건물과 썩어 가는 옥외 변소가 있었다. 더 이상 사람이 찾지 않는 비어 가든에는 잡초가 무성하게 자랐고, 관목 숲은 관리되지 않았다. 테니스장 또한 사용되지 않은 채 버려져 있었고, 스쿼시 코트는 염소 떼가 차지하고 있었다. 아이들 놀이터에는 고장난 시소가 있었다. 무도장에서 무도회가 열린 지 50년이 넘었다. 지하실은 결코 열리는 법이 없었다. 당구장에는 유령이 나온다는 소문이 돌았다.

마르캄의 이름에서 알 수 있듯이 그의 선조는 영국인이었고, 알라하바드의 피가 섞였다. 키플링의 어머니 가문과 친척이라는 이야기가 있었지만, 스스로 그렇게 주장하는 법은 없었다. 머리카락은 금발이었고, 한쪽 눈은 잿빛과 청색이 섞여 있었다. 물론 다른 한쪽 눈은 없었다.

그의 인조 코는 언제든지 뗄 수 있게 만들어진 것이었다. 그래서 마르캄은 방에 혼자 있을 때는 불편함을 덜기 위해 떼놓고 지냈다. 떼어 낸 코는 천장을 향하게 하여 침대 옆 테이블에 놓았다. 몇 년 묵는 동안 인조 코 자체에도 인격이 생겼고, (네기처럼) 이를 본 사람들은 경외감을 가지고 코를 바라보았다. 마르캄은 웬만하면 거울에 자신의 모습을 비추는 것을 피했지만, 가끔은 얼굴 한쪽을 면도해야 했다. 면도가 가능한 한쪽 얼굴에는 이도 몇 개 살아남았다. 왼쪽 뺨에는 뻥 뚫린 구멍이 있었다. 수십 년이 지났지만 아직도 속살처럼 보였다.

*

자정이 지나면 마르캄은 소굴에서 나와서 오래된 호텔 부지를 배회했다. 늦은 밤에는 아무도 순찰을 하지 않았기 때문에 그 시간만큼은 호텔은 온전히 그의 것이었다. 야간 수위도 그 시간에는 순찰하는 대신 라운지 밖의 다 낡아 군데군데 해진 소파에서 잤다.

오래된 모자와 망토를 쓰고 마르캄은 순찰을 돌았다.

그는 정말 귀신처럼 생겼고, 늦은 시간대에 그를 본 사람들은 한결같이 그를 초자연적인 방문자라고 여겼다. 그래서 호텔에는 유령이 나타난다는 소문이 떠돌았다. 어떤 손님은 귀신들렸다는 이야기를 좋아했고, 어떤 손님은 경계했다.

오늘따라 마르캄은 더 불안했다. 자신, 그리고 이 세상에 대한 불만이 더 커졌다. 그는 약간의 변화를 원했다. 그런 상황에 처하면 누구든 그렇지 않았을까?

호텔 안에는 웬만하면 들어가지 않겠다고 네기와 약속했었다. 하지만 한여름의 대낮은 덥고 나른했고, 밤은 시원하고 온

화했다. 그는 타인과 이야기는 나누지 못할지라도 근처 정도는 가고 싶은 생각이 들었다.

그래서 그는 밤늦게 지하방과 이어지는 통로를 빠져나와 지금은 그냥 커다란 식당으로 이용하는 연회장으로 이어지는 계단을 올라갔다. 홀 끝에는 등 하나가 켜져 있었고 그 아래에는 오래된 피아노가 있었다.

마르캄은 뚜껑을 열고 건반을 손가락으로 쓸었다. 타인은커녕 자신을 위해서도 연주해 본 지 오래되었지만 아직도 몇 곡 정도는 뽑아 낼 수 있었다. 최소한 지금은 조금 즐길 준비가 되었다. 그는 오래된 곡을 생각해 내고, 몇 마디를 기억하면서 부드럽게, 머뭇거리며 연주했다.

5월부터 10월까지는 길고 긴 시간이라네
9월이 되면 날은 짧아지고

가사를 온전히 기억할 수가 없어서 그는 연주하면서 그저 콧노래로 흥얼거렸다. 갑자기 방 반대쪽에서 무언가가 떨어지면서 큰 소리를 냈다. 호텔 고양이가 식탁에 남겨진 수프 그릇을 엎은 것이었다. 마르캄의 길게 흔들리는 그림자를 본 고양이의 털이 곤두섰다. 고양이는 길고 낮은 울음을 내지르며 연회장으로 도망갔다.

마르캄도 방을 떠나 카펫이 깔린 계단을 통해 2층 복도로 올라갔다.

모든 방이 차지는 않았다. 요즘 들어 그런 적은 거의 없었다. 문을 한두 개 열어 봤지만 모두 잠겨 있었다. 그는 복도 끝으로 걸어가서 마지막 문을 열어 보았다. 문이 열려 있었다.

그는 빈방이라고 생각하고 조용히 들어갔다. 불은 꺼져 있었지만 산이 바라보이는 커다란 객실 창문으로 달빛이 풍부하게 들어왔다. 마르캄이 커다란 더블베드에 눈길을 돌렸을 때, 침대에는 사람이 있었다. 젊은 연인이 팔로 서로 감싼 채 곤히 자고 있었다. 감동적인 장면이었다! 마르캄은 씁쓸하게 미소를 지었다. 자신의 팔에 사람이 마지막으로 안긴 것은 40년 전이었다.

복도에서 발걸음 소리가 들렸다. 닫은 문 뒤에 누군가 섰다. 누가 복도를 어슬렁거리는 마르캄을 본 것인가? 그는 얼른 창문으로 다가가 창을 열고 재빨리 밖으로 나와 인접한 지붕에 내렸다. 그리고 소리 나지 않게 창을 닫고 옆걸음질쳤다.

지붕 위에 있으니 온몸에 자유의 느낌이 넘쳐흘렀다. 아무도 자신을 여기서 찾아낼 수는 없을 것이다. 그는 문득 왜 지금까지 지붕을 찾지 못했나 의아했다. 지붕에 있으니 주인이 된 것만 같았다. 호텔, 그리고 호텔 안에 있는 사람이 모두 자기 것이었다.

어스름한 하늘빛과 달빛의 도움으로 경사지고 골진 오래된 양철 지붕을 아무런 방해도 받지 않고 이동할 수 있었다. 그는 하늘로 걸어가면서 산을 바라보았다. 그것들과 하나가 되는 느낌이었다.

호텔 주인 카나 씨는 해외여행을 자주 가서 호텔에 없는 날이 더 많았다. 친구들이 서양 플레이보이라고 별명을 붙여 줄 정도로 그는 외국의 주요 도시에서 시간과 돈을 썼다. 런던, 파리, 뉴욕, 암스테르담. 카나 씨 부인은 건강에 문제 ― 주로 정신상의 ― 가 있었는데, 신을 섬기는 사제나 신앙 치료사를 찾아가는 경우가 아니라면 여행은 거의 하지 않았다. 그녀는 요즘 불면증에 시달렸는데, 펑퍼짐한 몸을 제대로 가려 주지 못하는 헐렁한 드레싱가운을 입고 방 안을 돌아다녔다. 그녀가 셀 수 없을만치 많은 질병과 싸우는 중에도 메뉴에 있는 음식에 대한 그녀의 식욕은 줄지 않았다. 지금 그녀는 수면제를 찾고 있었다. 도대체 어디에 둔 걸까? 침대 맡 테이블에는 없었다. 화장대에도 없었다. 화장실 선반에도 없었다. 핸드백에 있을지도 모른다. 그녀는 서랍을 뒤져서 핸드백을 찾아내 그 안에서 발륨 한 줄을 꺼냈다. 침대맡에 놓인 유리 물병을 들어 물을 한 잔 따른 뒤 마시기 위해 머리를 뒤로 젖히자 여러 겹의 살이 접힌 턱이 드러났다.

알약을 삼키기 직전에 부인은 밤하늘의 빛에 드러난 얼굴을 목격했다. 그것은 사실 얼굴이 아니었다. 사람의 얼굴이 아니었다. 비어 있는 눈구멍, 사악한 웃음, 코 아닌 코가 창에 바싹 붙어 있었다.

카나 부인은 기절하여 바닥에 쓰러졌다. 그날 밤에는 수면제
가 필요 없었다.

*

그 다음 며칠 동안 카나 부인은 히스테리에 걸려서 늑대인간
이나 락샤(Rakshas : 악마)가 자신을 쫓아온다고 미친 듯이 떠
들어 댔다. 그러나 아무도, 네기조차도 이 유령이 마르캄이라
고 생각하지 않았다. 마르캄은 결코 객실 근처에는 한 발짝도
얼씬거리지 않았기 때문이었다.

창이랍시고 달려 있는 좁은 틈 사이로 들어오는 늦은 오후의
얼룩진 햇빛을 약간 받으면서 그는 낮 시간을 지하 방에서 보
냈다. 해는 약 10분 동안 마르캄의 어머니 사진이 들어 있는 액
자에 고정되었다. 40대로 보이는 사진 속의 여인은 엄하게 보
였지만 매우 아름다웠다. 육군 대위였던 아버지는 제1차 세계
대전 중 몽스의 참호에서 죽었다. 그의 사진도 옆에 서 있었다.
제복 차림의 위풍당당한 모습이었다. 마르캄은 가끔 자신도 상
처 때문에 죽었으면 좋겠다고 생각했다. 그러나 그는 살아남았
고, 지금까지 산송장처럼 지냈다. 아마 전생에 지은 죄와 지나
쳤던 행동에 대한 벌인지도 몰랐다. 카르마 법칙이나 신념에
뭔가 알 수 없는 규칙이 있는 것일지도 몰랐다. 하지만 왜 이번
생애에서 죄를 갚으면 안 되나? 왜 다음 생애까지 기다려야 되
나? 마르캄은 에머슨의 보상의 법칙에 대해 읽어 보았지만 아

무 소용이 없었다. 그는 주어진 운명을 속여 보려고 자살도 생각했다. 잘생긴 부모에게서 태어난 아이였지만, 끔찍하게 생긴 가고일(gargoyle)보다 못생긴 운명이었다. (대부분의 사람이 그렇듯이) 상황이 나아질 것이라고 생각한 그는 자살 생각을 미뤄 두었다.

그의 방은 깨끗했다. 필수품만 있는 방이었다. 단지 부모의 사진만이 잊을 수 없는 추억거리였다. 책도 있었다. 그에겐 책도 필수품이었다. 그리스 철학자, 에피쿠로스, 에픽테투스, 마르쿠스 아우렐리우스, 세네카. 세네카는 더 이상 삶의 의미가 없어지자 욕조에서 손목을 끊고 서서히 죽어갔다. 나쁘지 않은 죽음이라고 마르캄은 생각했다. 허나 그의 방엔 욕조가 없었고 있는 것이라곤 녹슨 쇠 양동이 하나뿐이었다.

음식은 지시받은 대로 문밖에 내놓았다. 어떤 때는 신선한 과일과 채소, 어떤 때는 익힌 음식이었다. 호텔에 결혼 피로연이 열리면 네기는 마르캄에게 구운 닭고기나 필래프를 가져다주는 것을 잊지 않았다. 마르캄은 성대한 결혼 피로연이 열리는 결혼철을 기대했다. 아무도 그를 알지 못하지만 그는 누구의 결혼식에나 찾아오는 손님이었다.

엠파이어 호텔 지붕에서 자유를 발견한 마르캄의 야간 소풍은 호텔의 넓은 건물을 벗어나지 않는 선에서 이루어졌다. 군인이었을 때처럼 여전히 다리에 힘이 있고 발걸음이 확실한 그에게는 썩어 가는 지붕을 기어다니거나 좁은 창틀에서 이동하고 한 층계참에서 다른 발코니로 건너가는 것 정도는 식은 죽 먹기였다.

때는 늦여름이었고, 손님들은 고개 너머에서 소나무향을 품고 불어오는 산들바람을 즐기기 위해 창을 열어 두었다. 마르캄에게는 엿보는 취미가 없었다. 그는 그런 탐닉을 즐기기에는 너무나도 외롭고 지극히 개인적인 사람이었다. 그래도 경계심을 버린 사람들을 관찰하는 것은 재미가 있었다. 거울 앞에서 치장하는 모습, 서로 대화하는 모습, 자신의 허영심을 만족시키는 모습, 노래를 부르거나 몸을 긁거나 사랑을 나누는 (혹은 나누려고 시도하는) 모습, 인사불성으로 술을 마시는 모습. 많은 남자들이 (그리고 약간의 여자들이) 바에서보다는 방에서 술 마시기를 선호했다. 더 저렴했고, 남들 앞에서 바보짓을 하지 않고 혼자서 취한 채 멍청해질 수 있었다.

카나 부인도 방에서 조용하게 술을 즐겼다. 보드카에 토마토 주스를 섞어 만든 블러디메리는 그녀가 가장 좋아하는 음료였다. 마르캄은 그녀가 세 번째 잔을 들이키는 것을 지켜보고 있었다. 그런데 그때 방 전화가 울렸고, 급한 소식을 받은 카나 부인은 방을 나가 오래된 전함처럼 복도를 지나갔다.

마르캄은 충동적으로 열린 창으로 들어가 술병이 나열되어 있는 방 건너편 테이블로 갔다. 그도 블러디메리 한 잔을 마시고 싶다는 생각이 들었다. 블러디메리를 마셔 본 지 수십 년이 지났다. 그가 처음 휴가를 나왔을 때, 뉴델리 임페리얼에서 저녁때 마신 것이 마지막이었다. 요즘 그는 겨울에 럼을 조금 마시는 것이 유일한 낙이었다.

마르캄은 깨끗한 잔에 블러디메리를 세 손가락 폭만큼 붓고 다 마셨다. 한 잔 더 따르려고 하는 찰나 카나 부인이 방에 들어왔다. 그녀는 들어오다가 갑자기 얼어붙었다. 악몽에 나타났던 괴물, 얼굴이 반밖에 없는 늑대 악마가 자신의 보드카를 마시고 있었다!

카나 부인은 비명을 질렀다. 그리고 또 질렀다.

마르캄은 창문으로 빠르게 빠져나가 야밤 속으로 사라졌다. 그러나 카나 부인은 비명을 멈추지 않았다. 최소한 네기, 호텔 직원의 반, 손님 여러 명이 방에 들어와서 그녀를 진정시킬 때까지는 말이다.

*

며칠 동안 소요가 계속됐다. 의사들이 다녀갔다. 경찰도 다녀갔다. 카나 부인의 가슴 두근거림도 다녀갔다. 그녀는 자신만을 놀래 주기 위해 숨어 있다가 소굴에서 나타나는 미치광이를 찾기 위해 호텔을 수색하라고 했다. 네기는 수색자들이 지하실 근처에 내려가지 못하게 한 뒤, 한적한 틈을 타 혼자 내려가서 마르캄을 만났다.

"마르캄 씨, 객실과 호텔 주건물 근처에 오면 안 돼요. 카나 부인이 매우 언짢아하고 있습니다. 경찰을 부르고 호텔을 수색

하도록 하고 있어요."

"미안해요. 네기 씨. 누굴 놀래 주려고 한 게 아니었습니다. 그냥 이 밑에 있으면 불안해지거든요."

"만약에 부인이 당신이 여기 사는 것을 알아내면 여기서 나가야 될 겁니다. 카나 씨가 없을 때는 부인이 모든 결정과 지시를 내리거든요."

"내 집은 여기밖에 없어요. 내가 어딜 가겠어요?"

"나도 알아요, 마르캄 씨. 알고 있어요. 이해해요. 하지만 다른 사람들도 그럴까요? 아무런 경고 없이 당신이 나타나면 놀라잖아요. 여러 가지 소문이 떠돌고 있어요. 괴담 같은 것이 없다 해도 호텔 사정은 충분히 나빠요. 밤에 꼭 나가야 되겠다면 뒷문을 이용하고 숲길만 이용하세요. 산책길로 가지 마세요. 시대가 변했어요, 마르캄 씨. 더 이상 혼자만의 공간은 없어요. 여기에서 나가면 모두들 쳐다보게 될 거예요. 그러고 싶지 않잖아요."

"그래요, 여기서 나갈 수는 없어요. 방에 있을게요. 당신은 지금까지 나에게 무척 잘해 주었어요, 네기 씨."

"괜찮아요. 필요한 것은 갖다 줄게요. 사람들 눈에만 띄지 마세요."

그래서 마르캄은 일주일, 이주일, 삼주일이 지나고, 고갯마루에 장마비가 내리고, 좀처럼 떠날 줄을 모르는 안개가 모든 것에 습하고 썩는 냄새를 배게 하는 동안에 계속 방에만 있었다.

8월 중순은 피서지에 사는 사람들에게 삶이 꽤 우울해지는 시기였다. 햇빛이 나지 않는 어두침침한 날씨는 사람들에게 영향을 미쳤다. 얼굴에 지겨운 이슬비가 흘러내리니 산책길을 걷는 것도 재미가 없었다. 사람들은 자연스레 술을 마시게 되었다. 카펫에서는 곰팡이와 쥐 오줌 냄새가 지독하게 났지만 호텔 바는 평소보다 손님이 더 많았다.

마르캄은 방을 찾아오는 뾰족뒤쥐와 친구가 되었다. 뾰족뒤쥐는 눈이 나빠서 쉽게 잡아 죽일 수 있었다. 하지만 행운을 가져온다는 믿음 때문에 호텔 직원들은 뾰족뒤쥐를 가만히 내버려두었다. 마르캄은 자신을 찾아주는 작은 친구가 고마워서 비스킷과 마른 빵을 먹였다. 뾰족뒤쥐는 지하실 방을 자유롭게 돌아다녔고, 옷장 맨 아래 서랍에서 잤다. 고양이와는 달리 이 동물은 마르캄의 얼굴 혹은 반이 사라지고 없는 빈 얼굴에 거부감을 갖지 않았다.

8월 하순이 되어도 여전히 끝없이 비가 내리고 안개 역시 떠날 기색이라곤 전혀 없는 동안, 마르캄은 다시 들뜬 기분이 되었다. 그는 한밤에 호텔 뒤 공원에 잠시 나갔다가 피부까지 흠뻑 젖어서 돌아왔다. 거머리가 잔뜩 달라붙은 무성한 풀숲을 걸어다니는 것은 쓸데없는 짓 같았다. 그에게 필요한 것은 피아노의 손길이었다. 오래된 음악 조각들이 그의 머릿속을 달렸다. 그는 버려진 무도장에 있는 깨진 피아노로 몇 곡 연주하고 싶었다.

비는 골이 팬 지붕에 떨어지면서 요란한 소리를 냈다. 이런 밤에는 흔히 정전이 되곤 했다. 아니나 다를까 호텔과 마을은 순식간에 어둠속으로 곤두박질쳤다. 가면이나 망토가 필요 없는 밤이었다. 가짜 코도 필요 없었다. 가끔 어둠을 꿰뚫는 창 같은 번갯불에 의해 그의 찢어지고 망가진 표정을 볼 수 있었다.

마르캄은 방에서 나와 무도장 아래 지하실로 갔다. 그곳은 정말 정글 같았다. 더 이상 와인 보관 창고로 사용되지 않는 복잡한 지하실은 이제 오래되고 썩어 가는 가구, 다른 시대에 사용되었던 녹슨 보일러, 부서진 정원 장식용 항아리, 심지어 갈라지고 망가진 큐피드 상까지 보관하는 창고가 되어 버렸다. 큐피트 상은 예전에는 정원에 서 있었는데, 최근에 마을 자치위원회에서 인도에 어울리지도 않고 음란하다고까지 해서 지하실로 추방당한 것이었다.

그것도 벌써 몇 년 전 일이었고 그 이후로는 아무도 지하실에 내려오지 않았다. 이곳은 마르캄이 이승으로 올라가는 지름길이었다.

비가 그치고, 구름 사이로 은빛 달이 얼굴을 내밀었다. 호텔에는 아직 불이 들어오지 않았다. 그러나 마르캄은 어둠에 익숙했다. 그는 무도장으로 슬쩍 들어가 오래된 피아노에 다가갔다.

그는 30분 동안 앉아서 오래된 곡조를 뽑았다.

예전에 좋아하던 오래된 곡이 자꾸 떠올라 그는 가사를 음미하며 거듭 연주했다.

아, 내 기쁨과 고통의 창백한 자여
천국과 지옥의 문을 쥐고 있구나
당신의 손길 아래, 당신이 손 흔들며 떠날 때까지
정맥에 뜨거운 피가 사납게 흐르고 있었는데

로렌스 호프의 카시미리 러브송의 노랫말은 인생이 아직 수많은 가능성으로 가득했던 행복한 시절로 그를 돌려보냈다. 그리고 노래의 마지막 소절에 이르자 상실감은 더욱 격렬하게 밀려왔다.

창백한 손, 핑크빛 손끝, 떠 있는 연꽃 같네
시원한 물에서 우리가 노닐었지
손 흔들며 떠나지 말고 차라리
내 목을 쥐고 생명을 빼앗아 가 주오

그는 한 번 사랑을 했고, 한 번 사랑을 받았다. 그러나 그것은 너무나 오래, 오래전의 일이었다. 샬리마르 근처에서 사랑했던 창백한 손.

그는 연주를 멈추었다. 모든 것이 멈추었다.

방으로 돌아가서 네기와의 약속을 지켜야 할까? 그렇지만 이런 밤에는 아무도 없을 거야, 라고 마르캄은 변명했다. 더군다나 남의 방에 들어갈 생각은 없었다. 어둠속 반딧불처럼 무도장 건너편 유리문 뒤로 약하게 불이 보였다. 그는 불속으로 뛰어드는 나방처럼 불에 다가갔다. 야간 수위의 등불이었다. 수위는 낡고 해져 솜이 튀어나온 소파에 누워 자고 있었다.

마르캄은 신체적 기형에 장애를 받는 정상적인 정신을 가진 사람이었다. 그러나 그런 상황에서 정상적인 정신을 언제까지 유지할 수 있을까?

마르캄은 야간 수위의 등을 들고 로비로 다가갔다. 나방이 좀먹은 수사슴의 머리가 벽에 붙어서 그를 내려다보았다. 동물 사냥이 유행이었던 1백 년 전에 총에 맞아 쓰러진 것들이었다. 박제사의 기술은 그들의 지나가 버린 고귀한 모습을 살려 주었지만 시간은 그들에게도 손길을 미쳤다. 벽에 달린 표범 머리는 유리 눈을 잃어버렸다. 그래도…, 마르캄은 빈정거렸다. 이 놈의 머리는 나보다 나은 모양이구나!

바의 문을 살짝 밀자 소리 없이 열렸다. 바텐더가 몰래 술을 마시고 문을 제대로 닫지 않은 모양이었다. 마르캄은 등을 테이블에 올려놓고 앞에 진열된 술병을 올려다보았다. 외제 와인, 셰리, 버무드, 럼, 진, 보드카가 있었다. 그는 술꾼이 아니었다. 술 기운이 꽤나 빨리 오르는 편이었고, 그 역시 그 사실을 잘 알고 있었다. 하지만 술병은 매력적으로 보였고, 오랜만에 영양을 보충하는 게 어떨까 하는 생각이 들자 잔에 위스키를 가득 따라 한꺼번에 마셔 버렸다. 온기가 온몸으로 퍼졌다. 그는 기분이 좀 좋아졌다. 바에 자주 올 수 있다면 사는 게 좀 더 견딜 만할 텐데!

위층 방에서 서성이던 카나 부인은 아래층의 소음을 들었다. 그렇지 않아도 바텐더 담당인 람 랄이 술을 몰래 마시는 게 아닌가 의심하고 있던 중이었다. 밤 10시만 되면 그의 걸음걸이가 흔들렸고, 아침에는 비틀거리면서 면도도 하지 않은 채 나타났다. 부인은 오늘 현장에서 그를 붙잡기로 했다!

마르캄은 문을 등지고 바 의자에 앉아 있었다. 카나 부인은 살금살금 들어와서 술을 마시는 남자의 뒷모습을 확인했다.

호텔 통로를 휑하니 불어가는 바람 소리 때문에 카나 부인의 발자국 소리는 들리지 않았다. 어쨌든 간에 마르캄의 정신은 먼 곳에 가 있었다. 멀리 떨어진 샬리마르 바그에서 핑크빛 손끝이 그의 망가지지 않은 입술과 볼을 만지고 있었다.

"람 랄!"

그를 놀래 주려고 카나 부인이 쉿 하고 소리를 냈다.

"또 즐거운 시간 보내고 있나 보지?"

마르캄은 놀랐지만, 정신이 달아날 정도는 아니었다. 그는 바로 돌아보지 않았다.

"저는 람 랄이 아닙니다, 카나 부인."

마르캄이 조용하게 말했다.

"당신의 손님입니다. 사실, 오래된 손님이지요. 전에 절 본 적이 있겠지요. 제 얼굴은 오래전에 심하게 상처 입었습니다. 보기 좋은 모습이 아닙니다. 하지만 두려울 것은 없습니다. 알고 보면 꽤 정상입니다."

마르캄은 천천히 일어섰다. 그는 망토로 얼굴을 가리고, 문으로 느리게 걸어가기 시작했다. 그러나 카나 부인은 이를 전혀 용납하지 못했다. 그녀는 손을 뻗어 망토를 내렸다. 일렁이는 등불에 비친 끔찍한 얼굴을 바라보았다. 그녀는 비명을 지르려고 입을 열었다.

그러나 마르캄은 더 이상 그녀의 비명을 듣고 싶지 않았다. 부인의 비명은 밤의 고요함과 아름다움을 망가뜨렸다. 여인의 비명은 전혀 아름답지 못했다. 특히 카나 부인의 비명은 더욱 그러했다.

그는 자신을 괴롭히는 부인에게 다가가 목을 쥐었다. 그는 부인의 비명 소리를 멈추게 하고 싶었을 뿐이다. 어쩌다 보니 그는 강한 손아귀를 가지고 있었다. 둘은 싸우다가 의자 하나를 넘어뜨리고 테이블에 넘어졌다.

"꽤 정상이지요, 카나 부인"

그가 말했다. 또 말하고, 또 말했다, 목소리를 높이면서.

"나는 꽤 정상이라고요!"

그녀의 다리가 바 의자 밑으로 흘러 내려갔다. 그는 계속 목을 조르고, 눌렀다. 지금까지 쌓인 수십 년의 좌절감이 그 손아귀에 모여 있었다. 생명을 빼앗고, 손 흔들며 인사한다!

그녀는 반사적으로 팔을 휘저어 등불을 쓰러뜨렸다. 마르캄이 손아귀를 풀었다. 그녀는 카펫에 무겁게 쓰러졌다. 기름이 바닥에 흘렀고, 그녀의 나이트가운 자락에 불이 붙었다. 그러나 카나 부인은 무슨 일이 일어나는지 몰랐다. 불꽃은 커튼에 옮겨 붙었고, 곧이어 나무 천장으로 달려갔다.

마르캄은 물병을 들어서 불꽃에 던졌으나 소용이 없었다. 공포에 질린 그는 문밖으로 달려나가 도움을 요청했다. 야간 수위는 꿈틀거리면서 일어나 소리쳤다. "카바르다르! 누구야?"

바가 붉게 빛나고 있었다. 그는 대경실색해서 눈을 비비고 자신의 등불을 찾았다. 사실 등불은 필요하지 않았다. 밝은 불빛이 프랑스식 창문 밖으로 뛰쳐나오고 있었다.

"불이야!"

야간 수위가 소리를 지르며, 도움을 요청하러 달려갔다.

통나무 바닥과 천장, 참나무 들보와 계단, 마호가니와 자단 가구로 만들어진 오래된 호텔은 부싯깃 통이나 마찬가지였다. 야간 수위가 도움을 부르러 간 동안 불은 식당으로 퍼졌고, 이층 객실로 혀를 낼름거렸다.

마르캄은 이미 계단을 올라가서 객실 문을 두드리며 소리쳤다.

"일어나, 일어나! 아래 불이 났어!"

그는 복도 끝에 있는 네기의 방으로 달려가서 네기가 일어날 때까지 방문을 주먹으로 두드렸다.

"호텔에 불이 났어!"

마르캄은 크게 소리치고 돌아온 쪽으로 다시 달려갔다. 그가 할 수 있는 일은 더 이상 없었다.

호텔 직원 몇 명이 양동이로 물을 뿌렸지만, 계단과 층계참은 활활 타고 있었고, 이층 객실에 있던 사람들은 테니스장으로 이어지는 하인 전용 돌계단 입구로 탈출했다. 테니스장에 모인 그들은 경외심을 가지고, 동시에 대경실색하여 주건물에 빠르게 퍼지는 불을 바라보았다. 불은 퍼지면서 창문 사이로 모습을 내비쳤다. 나쁜 소식은 불처럼 퍼진다고, 테니스장에 모여 선 무리에 외부인들이 금세 끼어들었고, 마을 사람들도 곧 웅성거리며 모여들었다.

불이 붙은 엠파이어 호텔이 격렬한 소리를 내며 하늘을 비추는 동안 마르캄은 지붕 위에 잠시 동안 서 있었다. 아래 있던 사람들은 지붕에 있는 그를 발견하고, 손을 흔들면서 내려오라고 소리쳤다. 그의 주위에 연기가 물결쳤고, 그는 시야에서 사라졌다.

*

기억에 남을 만한 불이었다. 40년 전 에비 학교가 불에 탄 이후로 처음 보는 광경이었다. 사실 그 사건조차도 늙은이들만 기억할 뿐이었다. 네기와 호텔 직원들은 불이 걸리적거리는 모든 것을 잡아먹으면서 오래된 통나무 건물을 태우는 동안 하릴없이 쳐다봤다. 카나 부인을 빼고는 모두 건물에서 빠져나왔다. 그녀가 어떻게 되었는지 아무도 몰랐다.

아침이 밝아오자 다시 비가 세차게 내리기 시작했다. 폭우로 인해 겨우 불이 꺼졌다. 그러나 건물은 완전히 불타 버렸고, 1백 년이 넘게 마을을 굽어보던 엠파이어 호텔은 더 이상 보이지 않았다.

폐허에서 카나 부인의 그을린 시체가 발견되었다. 제네바에 묵고 있는 카나 씨에게 전보가 갔고, 모든 친척과 보험 회사에도 분주히 전화가 갔다. 이제 네기가 모든 것을 통솔했다.

일단 정리가 되자 네기는 마르캄을 기억해 내고, 망가진 건물 뒤로 가서 지하실 계단으로 내려갔다. 지하실과 창고는 불에 당하지 않았지만 연기가 가득했다. 마르캄의 방문이 열려 있었다.

마르캄은 침대에 누워 있었다. 테이블에 놓인 텅 빈 수면제 병을 보고 어떤 일이 있었는지 짐작할 수 있었다. 그렇지만 아마 연기에 질식해서 죽었을 가능성이 더 높았다.

마르캄의 인조 코는 옷장 위에 놓여 있었다. 네기는 그것을 집어 들고 죽은 자의 불쌍한 얼굴에 놓아 주었다.

호텔은 사라졌고, 그와 함께 네기의 살림도 사라졌다. 오랜

친구도 사라졌다. 한 시대가 끝났다. 그러나 네기는 모든 일이
끝난 다음에 청소를 하는 류의 사람이었다.

추억의 정원

　겨울 오후의 햇빛을 받으면서 나는 나이의 무게를 느끼고(내 나이 지금 67세다), 오래전 데라에서 살던 소년 시절을 회상했다. 어릴 적 친구들, 할머니, 이웃, 작은 마을의 재미있는 사람들…… . 물론 그 기억 속에는 나의 특이하고 활달하고 젊은 삼촌 켄이 들어 있다. 나는 켄 삼촌을 떠올리며 과거 속에서 방황했다.

　그 시절의 데라는 작은 마을이었다. 복잡하지 않고, 사람도 별로 없고, 조용한 거리와 아름다운 정원과 그늘진 과수원이 있는 마을이었다.

　뒤뜰이나 발코니나 바람만 쐴 수 있는 베란다가 아닌 진짜 정원이 있는 집에서 살 수 있는 행운을 맛본 시절은 할머니가 사시는 올드 서베이 로드의 방갈로에서 보낸 3년 간의 (12월부터 3월까지의) 겨울 방학이 전부였다.

　최고의 달은 2월과 3월이었다. 이때가 되면 정원에 스위트피의 진한 향기가 퍼지고, 협죽초, 금어초, 참제비고깔, 페튜니아, 캘리포니안 양귀비가 아름답게 꽃밭에 피어났다. 나는 밝은 노란색을 띠는 캘리포니안 양귀비, 인도 양귀비의 연한 핑크색, 페튜니아와 금어초의 은은한 향기, 내 키보다 더 크게 자란 스위트피의 강렬한 향기를 모두 사랑했다. 꽃은 나에게 냄새, 색, 촉각의 쾌락이 무엇인지 알려 주었다. 만지는 쾌락도 확실히 감지할 수 있었다. 장미의 꽃잎을 누르면 부드럽고, 설렘이 있고, 구석구석 탐험하는 키스 같았다.

키우는 꽃의 종류와 심는 장소는 할머니가 정했다. 그리고 정원사 두키가 땅을 파고, 잡초를 뽑고, 씨를 뿌리고, 꽃을 옮겨 심는 일을 도맡았다. 두키는 깡마르고, 과묵한 노인이었다. 그는 자신이 뽑아 던지는 잡초를 닮아 갔다. 내가 던지는 질문에 일일이 대답해 주었지만, 우리의 대화가 그의 작업을 멈추게 하는 경우는 없었다. 그는 대부분의 시간을 쭈그려 앉아서 '쿠르피'라는 작은 삽으로 흙을 파고 잡초를 제거했다. 두키는 할머니가 별로 좋아하지 않는다면서 작은 금잔화들을 뽑아 던졌다. 나는 버려진 화려한 꽃들이 안돼 보였다. 그래서 이 꽃들을 모아서 집 뒤 정원 벽 근처에 있는 나만의 작은 땅에 옮겨 심었다.

이른바 잡초로 분류되지만 내가 좋아했던 꽃으로는 데라 사방에 피던 작은 자주색 꽃이 있었다. 황무지, 도랑, 수로 둔덕에 아무렇게나 피는 꽃이었다. 꽃은 늦겨울부터 초여름까지 피었다. 이 꽃은 정원의 꽃들이 다 진 다음에도 계곡에서 계속 자라났다. 이 꽃이라도 피지 않는다면 도시는 더 황량해질 테니 정말 다행이었다. 이 꽃은 도저히 화려해질 것 같지 않은 들과 도로를 아름답게 밝혀 주었다. 나중에 이 꽃의 명칭이 아게라툼이라는 것을 알았다. 사실 이 꽃은 유럽의 정원에서 귀하게 키우는 꽃이었고, '블루 밍크'라는 이름으로 종자 카탈로그에 나와 있었다. 인도에서 자라는 아게라툼은 푸른색이 아닌 자주색이고, 라즈푸르(데라 바로 위의 지방)부터 미룻의 외곽까지 자란다. 그 다음 지역부터는 자라지 않는다.

정원에 초대받지 않은 다른 꽃들로는 길에서 피는 아름다운 란타나 부시, 아가위, 다양한 종류의 엉겅퀴, 데이지, 민들레가 있다. 할머니와 두키는 함께 잡초와의 전쟁을 선포했고, 원주민이라고 할 수 있는 이 꽃들은 정원의 경계 밖으로 쫓겨날 수밖에 없었다. 빈민촌의 아이들처럼 잡초 꽃들은 도랑과 도로변에서 무럭무럭 자랐지만, 정원에서 자란 응석받이 꽃들은 다양한 질병에 걸리고 기생충의 습격을 받았다.

베란다는 할머니가 한가로이 시간을 보내는 장소였다. 할머니는 여러 가지 고사리를 가꾸고 야자와 다채로운 제라늄을 키웠다. 할머니는 제라늄이 뱀을 쫓는다고 확신했지만, 왜 그런지는 절대 말하지 않았다. 내가 알기에 뱀은 후각이 그리 뛰어나지 않았다.

어느 날에는 뱀이 베란다 계단 아래에서 똬리를 틀고 있는 광경을 보았다. 눈길이 마주치자, 뱀은 내 발걸음을 의식하고 는 똬리를 풀더니 슬며시 가 버렸다. 나는 할머니에게 이 이야 기를 하면서 제라늄이 소용없다고 말했다.

"아," 할머니가 말했다. "그 제라늄이 없었으면 뱀이 집까지 들어왔을 거야!"

할머니를 말로 이기는 것은 절대로 불가능했다.

켄 삼촌도 한 번 맘 먹으면 어찌 할 수 없는 고집불통이 되었 다.

하루는 수로의 둔덕 위를 걷다가 입에 개구리를 물고 있는 녹색의 독 없는 뱀과 마주치게 되었다. 개구리 몸의 반은 입 안 에 있었고, 반은 밖에 나와 있었다. 그래서 나는 하키 경기용 막대를 이용해서 뱀이 불쌍한 개구리를 토하게 만들었다.

개구리는 멀쩡했고, 펄쩍펄쩍 뛰어서 가 버렸다.

이런 게 신이 되는 느낌일까? 나는 스스로 대견스럽게 느껴 져서 신이 나 크게 떠벌렸다.

"아니지." 켄 삼촌이 말했다. "신이라면 뱀이 점심 식사를 하 게 놔뒀을 거야."

켄 삼촌은 별볼일 없이 사는 사람이었지만, 그의 주변에는 여러 가지 일이 많이 일어났다. 삼촌은 가족, 친구, 이웃들의 일과 우리가 사는 마을 자체에서 일어나는 일들의 촉매제처럼 작용했다. 그는 노동의 결실을 좋아했는데, 물론 이건 자신이 아닌 남의 노동의 결실이었다.

켄 삼촌은 어렸을 때 매우 잘생겨서 누나들의 귀여움을 독차지했다고 한다. 삼촌은 그런 누나들의 사랑을 철저하게 이용하며 자랐고, 성인이 된 다음에도 누나와 누나의 남편들이 자신을 계속 돌봐 줄 것이라고 철썩같이 믿고 있었다. 켄 삼촌이야말로 복지 국가의 원조격이었다. 물론 그 국가는 자신이었다.

켄 삼촌에 대해 칭찬할 점이 있다면, 참 호기심이 많은 사람이었다는 것이다. 삼촌은 살고 있는 동네, 그리고 우연히 들르는 마을들을 탐험하는 것을 좋아했다. 한 누나는 럭나우, 다른 누나는 란치, 또 다른 누나는 보팔, 또 다른 누나는 폰디체리, 또 다른 누나는 바락포어에 살았고, 켄 삼촌은 인도 전국에 퍼진 이 지역을 골고루 찾아다니면서 누나들과 누나들의 남편들을 고생시켰다.

삼촌은 산책도 좋아했다. 어떤 때는 내 자전거를 빌렸지만, 툭하면 길에서 벗어나서 도랑에 자전거를 처박거나 우마차와 부딪혔다. 삼촌은 그런 식으로 바지를 찢어먹고 내 자전거의 손잡이를 망가뜨렸다. 그래서 삼촌은 그냥 걷는 것이 데라를 돌아다니는 최선의 방법이라고 결론을 내렸다.

켄 삼촌은 직업이 없는 사람치곤 꽤 세련되게 차려입었다. 삼촌은 푸른 줄무늬 블레이저 코트와 붉은 줄무늬 블레이저 코트를 가지고 있었고, (할머니가) 완벽하게 다린 주로 흰색 혹은 흰색에 가까운 바지를 입었다. 삼촌은 언제나 구두를 닦았기 때문에 구두닦이 소년들이 좋아했다. 여름에는 밀짚모자를 썼는데, 바시티 배 경주에 쓰고 간다고 사람들에게 말하고 다녔다. (옥스포드는 고사하고 영국에도 가 본 적이 없지만) 옥스포드 대학교를 위해 노를 젓는다고 떠벌렸다. 겨울이 되면 할아버지의 중절모를 골라 썼다. 모자를 쓰지 않고 나가는 일은 거의 없었다. 나이 서른에는 머리가 거의 벗겨져서 마벨 이모가 놀려 대곤 했다. "켄, 하느님이 주신 작은 은총에 감사드려야지. 박쥐가 날아와서 머리를 헝클어 대지는 않을 테니 말이야."

켄 삼촌은 늘 돌아다니는 바람에 소화가 잘되었고, 물론 식욕도 왕성했다. 우리는 함께 걸어다니다가 챗 샐러드 가게, 사탕 가게, 과일 노점, 제과점, 작은 빵집, 다른 여러 가지 먹거리를 파는 가게에 들렀다.

"용돈 충분히 가져왔냐?"

삼촌은 주로 돈이 없어서 나에게 이렇게 묻는 경우가 많았다.

"할머니가 5루피 줬어".

"그럼 라수굴라 푸딩 먹자."

라수굴라 푸딩 다음에는 굴랍 자문 경단까지 사 먹게 되었기 때문에 내 5루피는 금방 사라졌다. 켄 삼촌도 할머니가 주는 용돈을 받았지만, 옷을 사는 데 다 써 버리고, 아이스크림, 쿨 피스, 인도 사탕을 사 먹을 때는 내 용돈을 썼다.

한번은 우리 둘 다 돈이 없어서 켄 삼촌이 마을 바깥의 사탕 수수밭을 서리하기로 마음먹었다. 우리는 사탕수수대를 하나

꺾어서 열심히 씹고 있었는데, 밭 주인이 우리를 목격하고 욕설을 쏟아 부었다. 화가 난 농부가 쫓아왔고, 우리는 밭에서 달아났다. 나는 켄 삼촌보다 빨리 달릴 수 있었고, 당연히 앞서 나아갔다. 삼촌의 모자가 벗겨져서 양동 작전을 펼치지 않았다면 아마 삼촌은 농부에게 잡혔을 것이다. 농부는 모자를 집어서 이리저리 살펴보더니 마음에 든 듯 자기가 썼다. 구경하던 꼬마들이 박수를 치고 환호성을 질렀다. 농부는 모자를 쓰고 의기양양하게 가 버렸고, 삼촌은 모자를 되찾지 않기로 현명한 결정을 내렸다.

"다른 모자 사면 돼."

삼촌이 달관한 듯이 말했다.

그 다음 며칠 동안 삼촌은 수수로 만든 차양 모자를 쓰고 다녔다. 그 모자를 쓰면 날아오는 막대기나 돌을 막을 수 있을 것이라고 생각한 모양이었다. 삼촌은 얼마 동안 계곡에서 농사를 짓는 모든 사탕수수 농부들이 사탕수수밭 서리를 벌 주려고 자신을 쫓아올 것이라는 편집증에 빠졌다. 하지만 며칠 지난 다음에는 자신의 잘생긴 얼굴을 가린다는 이유로 차양 모자를 벗어 버렸다.

*

할머니는 데라에서 최고의 스위트피를 재배했다. 그렇지만 매년 3월 둘째 주에 열리는 화초 전시회에는 출품하지 않았다.

할머니는 상을 타려고 꽃을 키우는 게 아니라고 말했다. 30년
전에 직접 지은 집을 아직도 거닐면서 산책하는 할아버지를 기
분 좋게 하려고 그러는 것이었다.

신체 장애가 있지만 할머니의 소중한 임차인인 미스 켈너는
꽃이 아름다운 나비를 불러들인다고 말했다. 그녀의 말은 정말
옳았다. 이른 여름이 되면 수많은 나비들이 정원에 들어왔다.

켄 삼촌은 상을 타는 데 대해서는 아무런 거리낌이 없었다.
물론 그렇다고 상 받을 자격이 있는 것도 아니었다. 삼촌은 아
무에게도 말하지 않은 채 할머니의 스위트피를 화초 전시회에
출품했고, 화려한 스위트피 전시로 놀랍게도 시상식에서 1등
상을 받았다.

할머니는 며칠 동안 삼촌과 말 한 마디 하지 않았다.

켄 삼촌은 부상으로 돈을 받기를 원했지만, 상품은 꽃병이었
다. 그는 꽃병이 명 나라 자기라고 우겼지만, 내가 보기에는 미
롯에서 만든 꽃병이었다. 삼촌은 할머니 비위를 맞추려고 꽃병
을 할머니에게 선사했다. 그러나 할머니는 여전히 삼촌을 못마
땅해 했고, 옆집에 사는 화가 카스트기르 씨에게 꽃병을 줘 버
렸다. 그는 꽃병을 붓통으로 썼다.

나는 고집도 피우고, 제멋대로 행동할 때가 가끔 있었지만
(나의 영웅은 리치말 크롬튼의 '윌리엄'이었다), 나이 많은 여성들
과는 친하게 지냈다. 특히 미스 켈너처럼 나에게 초콜릿, 마찌
팬 과자, 부드러운 난카티 비스킷, 생강 설탕절임을 주는 아줌

마들의 귀여움을 받았다. 미스 켈너는 걸을 수 없었다. 발로 걸은 적이 한 번도 없었다. 그녀는 멀리 떨어져서 정원을 감상했지만, 나에게 수많은 종류의 꽃, 나무, 새, 나비의 이름을 가르쳐 주었다.

켄 삼촌은 이름 외우는 데 소질이 없었지만, 귀한 나비를 잡고 싶어했다. 퍼플 엠퍼러라는 나비를 잡으면 엄청난 돈을 받을 수 있다고 삼촌이 말했다. 그는 나비 채집망, 마취제 한 병, 잡은 나비를 꽂아 두는 장을 준비하고, 여기저기 돌아다니면서 날아다니는 것이라면 무엇이건 잡으려고 애썼다. 레드 애드미럴, 토트와즈셸, 페인티드 레이디, 어떤 때는 잠자리 같은 평범한 곤충은 잡을 수 있었지만, 높게 날아다니는 퍼플 엠퍼러와 다른 귀한 나비는 모두 삼촌을 피해 갔다. 그래서 삼촌이 그토록 원하던 금은보화도 함께 날아갔다.

그러다가 삼촌은 결국 말벌을 화나게 만들어서 채집망 사이로 쏘이게 되었다. 다른 말벌들도 함께 삼촌을 쫓아와서 삼촌은 수련이 있는 연못으로 뛰어들어야 했다. 얼마 후 삼촌은 수련과 물풀을 온몸에 휘감은 채 연못에서 나왔다.

이 사건 이후로 켄 삼촌은 차라리 호랑이 사냥이 안전하다면서 나비 채집 사업을 그만두었다.

정원의 유령

집 뒤 과수원에는 망고나무 두세 그루, 구아바, 여지, 파파야 나무가 뒤섞여 있었다. 구아바나무는 기어올라가기가 쉬웠다. 여지나무는 커다란 그늘을 만들어 주었고, 여름에는 맛있는 여지 열매를 많이 만들어 냈다. 망고나무는 봄에 가장 화려했는데, 만발한 꽃에서 진한 향기가 퍼져 나왔다.

바깥 벽 근처에 오래된 망고나무 한 그루가 있었는데, 그 근처에는 아무도 가지 않았다. 정원사 두키도 절대로 가지 않았다.

"과일도 안 내는걸, 뭐."

내가 물어보면 두키는 항상 그렇게 대답했다.

"그냥 오래된 나무야."

"그럼 왜 자르지 않나요?"

"네 할머니가 원할 때, 언젠가는 잘라 내야겠지."

정원에서 그 구석은 잡초도 더 무성하게 자랐다. 그곳은 두키의 끊임없는 제초질이 닿지 않는 영역이었다.

"왜 아무도 과수원 그쪽으로는 가지 않나요?"

나는 어렸을 때부터 데라에서 살아온 우리의 불구 임차인 미스 켈너에게 물어봤지만 그녀는 말해 주지 않았다. 내가 그 이야기를 꺼내면 켄 삼촌도 화제를 돌렸다. 그래서 나는 버려지고 금지된 정원으로 스스로 조심스럽게 다가갔는데, 그때마다 두키가 날 방해했다.

"그곳에 가면 안 돼."

두키가 주의를 주었다.

"불길하단다."

"왜 아무도 오래된 망고나무 근처에는 안 가요?"

나는 할머니에게 물어보았다.

할머니는 고개를 젓고 다른 곳을 볼 뿐이었다. 사람들은 분명히 나에게 알리고 싶지 않은 것이 있는 모양이었다. 그래서 나는 사람들의 말을 무시하기로 마음먹고 식구 대부분이 낮잠을 자는 조용한 오후에 정원 끝의 오래된 망고나무로 걸어갔다.

그곳은 시원하고 그늘졌는데, 별 해를 끼칠 것 같아 보이지 않았다. 그렇지만 그 나무에는 새도, 다람쥐도 없었다. 이상한 일이었다. 나는 풀 위에 앉아서 나무 기둥에 등을 대고 햇빛이 비치는 집과 정원 쪽을 바라보았다. 이글거리는 아지랑이 속에서 나무들 사이로 걸어가는 사람을 봤는데, 두키나 내가 아는 사람이 아니었다.

더운 날이었는데도 추워지기 시작하더니, 갑자기 열이 난 것처럼 몸이 떨렸다. 나무 위를 올려다보니 바람이 불지 않는데도 내 위에 있는 가지 하나가 흔들렸다. 그런데 다른 잎사귀와 가지는 움직이지 않았다.

추위에서 빠져나와야겠다고 생각했지만 일어서기가 어려웠다. 그래서 손과 무릎으로 풀 위를 기어서 밝은 햇빛이 비치는 곳으로 나왔다. 떨리는 느낌은 사라졌으나 베란다에 다다를 때까지 뒤돌아보지 않고 달려갔다.

나는 미스 켈너에게 그 경험을 이야기했다.

"무서웠니?"

그녀가 물었다.

"네, 조금요."

나는 고백할 수밖에 없었다.

"뭐가 보였니?"

"가지가 몇 개 움직였고, 아주 추웠어요, 그런데 바람은 불지 않았어요."

"뭐가 들렸니?"

"그냥 작은 신음 소리요."

"오래된 나무란다. 나이가 들면 나처럼 신음 소리를 내지!"

나는 한동안 망고나무 근처에 가지 않았고, 할머니나 켄 삼촌에게 그 사건을 알리지 않았다. 그들이 오래된 망고나무를 왜 터부시하는지 이제서야 알 것 같았다.

*

나는 어렸을 때 언제나 외진 장소를 탐험했다. 버려진 정원과 과수원, 빈 집, 작은 덤불이나 불모지, 마을 밖의 들, 숲의 언저리. 한번은 방갈로 뒤에 나가 란타나 덤불을 뚫고 들어갔다가, 두꺼운 석판에 걸려서 발목이 틀어지면서 넘어졌다. 나는 잠시 동안 풀 위에 앉아서 발을 문질렀다. 고통이 사그라진 다음 석판을 보니 놀랍게도 비석이었다. 전체가 담쟁이덩굴에 뒤덮인 상태였다. 담쟁이 덩굴을 끌어당기자 몇 가닥이 빠져나왔다. 비석에는 읽기 힘든 글씨가 보였는데, 풀과 이끼 때문에 반쯤 가려져 있었다. 이름을 가까스로 읽을 수 있었다. 로즈. 하지만 더 읽기는 어려웠다.

나는 꽤 오랫동안 앉아 있으면서 나의 발견에 대해 생각했다. 멀지 않은 곳에 공동묘지가 있는데 왜 외딴 곳에 '로즈'가 묻혀 있을까. 왜 그녀는 친척과 가족들 옆에 매장되지 않았을까? 그녀가 원해서 그랬을까? 왜 그랬을까?

미스 켈너만이 대답을 해 줄 것 같아서 나는 그녀를 찾아갔다. 그녀는 포말로 나무 아래의 안락의자에 앉아 있었다. 그 의자는 그녀의 하녀와 릭샤(역주 : 인력거를 끄는 사람) 아이 두세 명이 그녀의 몸을 침대나 화장실로 옮겨 줄 때가 아니면 언제나 앉아 있는 의자였다. 정원의 안락의자에 앉은 불구의 몸으로 미스 켈너가 적당히 낡은 카드를 인내심을 가지고 놀던 모습은 기억에서 사라지지 않는다. 내가 카드 놀이를 방해하며 이웃이나 친척들, 그리고 그녀 자신의 개인사를 끊임없이 물어보아도 그녀는 인내심을 가지고 나를 상대해 주었다. 나는 꼬마였을 때에도 과거에 흥미를 가졌다. 내 관심은 나라의 역사가 아닌 개인의 역사였다. 사람들이 사는 방식, 그들이 왜 행복했는지, 왜 불행했는지, 특별한 동기나 이유도 없이 사람들이 왜 끔찍한 짓을 했는지가 궁금했다.

"미스 켈너."

그녀에게 물었다.

"집 뒤 덤불에 있는 무덤이 누구 것이에요?"

그녀는 코안경 너머로 나를 바라봤다.

"내가 그것을 어떻게 알겠니, 꼬마야? 내가 오래된 담장을 넘고 오래된 무덤을 뒤질 것처럼 생겼니? 할머니에게 물어봤니?"

"할머니는 아무것도 말하지 않아요. 켄 삼촌은 아무것도 모르면서 다 아는 척만 하고."

"그럼 내가 어떻게 알겠니?"

"여기에 오랫동안 살았잖아요."

"그래 봐야 20년이야. 그 사건은 내가 이 집에 오기 전에 일어났어."

"무엇이 일어났는데요?"

"정말 끈질긴 아이구나. 왜 모든 걸 알아야만 하지?"

"모르는 것보다는 낫잖아요."

"정말 그렇다고 생각하니? 어떤 것은 모르는 게 낫단다."

"어쩔 때는 그럴지도 모르죠. 하지만 난 알고 싶어요. 로즈가 누구예요?"

"네 할아버지의 첫부인이었지."

"예?"

나는 정말 놀랐다. 할아버지의 첫결혼에 대해서 들은 적이 없었다.

"그런데 왜 그런 외진 곳에 묻혀 있어요? 무덤이 아니고?"

"자살해서 그렇지. 그 당시에는 자살하면 공동묘지에서 기독교식으로 매장해 주지 않았어. 이제 호기심이 다 풀렸니?"

하지만 내 호기심은 더 많은 정보를 갈구하게 되었다.

"그런데 왜 자살했어요?"

"나도 모르겠다, 아가야. 사람들이 왜 자살하겠니? 불행해서, 살기 싫어서, 뭔가 뒤틀려서 그랬겠지."

"아주머니도 살기 싫어요? 그렇진 않죠? 걸을 수도 없고, 손가락도 굽었지만."

"건방지게 굴지 마라. 안 그러면 음식 창고에서 머랭 과자 꺼내 먹을 생각은 하지도 말거라! 내 손가락은 글도 쓸 수 있고, 애들 옆구리 찌르는 데도 좋지."

그러면서 그녀가 옆구리를 세게 찌르는 바람에 나는 비명을 질렀다.

"그렇지 않단다. 나는 살기 싫지 않아, 아직은. 하지만 사람들은 다 다르잖니. 그리고 할아버지도 이야기해 줄 수 있는 입장이 아니고. 그 다음에는 다시 결혼했지, 네 할머니와."

"할머니가 첫부인을 알았을까요?"

"그럴 것 같진 않다. 할아버지를 훨씬 나중에 만났거든. 그리고 이런 이야기를 하고 싶지 않아 하시지."

"로즈는 어떻게 자살했어요?"

"모르겠다."

"당연히 알고 있잖아요, 미스 켈너. 거짓말 말아요. 다 알면서!"

"그때 나는 여기 없었다고 이미 말했잖니?"

"하지만 다 들었잖아요. 어떻게 했는지는 나도 알아요. 사람들이 다 피하는 정원 끝의 저 망고나무에서 목을 맸을 거예요. 하루는 내가 나무에 갔는데, 그늘에 있으니까 너무 춥고 외로웠다고 말했잖아요. 그때는 무서웠어요."

"그래."

미스 켈너가 사색에 잠긴 채 대답했다.

"외로웠겠지, 불쌍한 여자야. 내가 듣기로는 그렇게 안정적인 사람은 아니었단다. 혼자 노래 부르고, 가끔 길을 잃고 엉뚱한 시간에 집에 돌아왔지. 오래된 노래 있잖니? '사막 바람처럼 외로운…….'"

쉰 목소리로 미스 켈너가 오래된 노래의 후렴구를 부르고 다시 말을 이었다.

"할아버지는 그녀를 무척 사랑했어. 못된 사람이 아니었지. 그녀의 이상한 행동도 참았어. 가끔은 인내심을 잃고 호통을 쳤고, 한두 번은 방에 가두고 문을 잠그기도 했었지. 그러면 정말 무서웠어. 로즈가 비명을 지르기 시작했거든. 로즈를 감금하는 게 아니었어. 어떤 사람이라도 감금하는 게 아니란다, 아이야. 그런데 그녀 안에서 무언가 끊어진 거야. 가끔은 로즈가 폭력적으로 변하기도 했어."

"그걸 어떻게 다 알아요, 미스 켈너?"

"네 할아버지가 가끔은 날 찾아와서 골칫거리를 이야기했거든. 그때는 길 아래쪽에 있는 다른 집에서 살고 있었어. 불쌍한 남자였지. 로즈하고는 정말 힘든 시절을 보냈어. 할아버지는 란치의 정신 병원으로 로즈를 보낼 생각이었어. 그러던 어느 날 아침, 망고나무에 목을 맨 로즈를 할아버지가 발견했지. 로즈의 영혼은 그녀가 언제나 꿈꾸었던 파랑새처럼 날아갔지."

그 다음부터 나는 오래된 망고나무 근처에 가지 않았다. 그것은 어둠의 사건을 직접 조종이라도 한 것처럼 위험해 보였다. 불쌍하고 무고한 나무였다. 불안정한 사람의 감정에 묶여 있는 나무라니! 그렇지만 나는 버려진 무덤에 가서 잡초를 뽑아 비문이 더 뚜렷하게 보이도록 했다.

'로즈, 헨리(외할아버지의 성)가 사랑하는 부인'

두키가 보지 않을 때는 정원에서 빨간 장미를 꺾어서 무덤에 가져다 놓았다.

어느 날 오후에 할머니가 브리지 카드 게임 파티를 열고, 켄 삼촌이 산책을 하고 있을 때, 나는 뒷베란다에 붙어 있는 창고를 뒤져서 오래된 스크랩북과 잡지를 꺼냈다. 책 무더기 뒤에서 나는 잘 보관된 태엽 축음기와 앨범들을 찾아냈다. 그것들을 거실로 가져와서 앨범 한 장을 틀어 보니 소리가 괜찮게 나왔다. 그래서 몇 장 더 틀어 봤다. 과거의 노래들이었다. 20년대와 30년대에 유명했던 테너와 바리톤들이 부른 사랑의 발라드들이었다. 할머니는 음악을 듣지 않았기 때문에 축음기는 오랫동안 방치되어 있었다. 몇 년 만에 처음으로 방은 멜로디로 가득 찼다. '혼자는 외로워요, 다시 만나요, 저를 기억할 수 있나요? 한 송이 로즈'

로즈 한 송이를
그대에게 주어요
노래 한 곡이
사라져요
미소 하나만
기억에 남지요

부드러운 사랑의 노래가 연주되는 동안 방이 변화하는 것 같았다.

처음에는 어두워졌다. 그 다음에는 부드러운 핑크빛이 방을 채웠고, 여인의 모습이 보였다. 하얀 옷을 입은 슬픈 미소의 여인이 걷지 않고 둥둥 떠서 내게로 왔다. 방의 중앙에 멈춘 그녀는 나를 보는 것 같았다. 그녀는 하늘거리는 오래된 드레스를 입고 있었고, 머리 모양은 오래된 사진에서 본 것 같은 스타일이었다.

노래가 끝나자 유령은 사라졌다. 방은 다시 정상으로 돌아왔다. 나는 축음기와 앨범들을 치웠다. 무섭다기보다는 무언가 거슬리는 느낌이었고, 과거의 유령을 다시 불러내고 싶은 생각은 들지 않았다.

그런데 그날 밤 꿈에서 나는 슬픈 미인을 다시 보게 되었다. 그녀는 정원에서 춤추고 있었다. 가끔은 혼자서, 가끔은 다른 유령들과 춤을 추었다. 그녀는 꿈에서 함께 춤을 추자고 손짓을 했지만, 그녀가 보이지 않은 먼 곳으로 춤추며 사라질 때까지 나는 베란다의 계단에 서 있었다.

아침에 눈을 뜨니 내 베개 곁에는 이슬 맺힌 빨간 장미가 놓여 있었다.

돌아온 하얀 비둘기

　50년 전, 데라던의 교외에 영국인 대령 남편과 아름다운 페르시아인 부인이 행복하게 결혼 생활을 하고 있었다. 둘 다 정원을 가꾸는 데 신경을 많이 썼다. 부부의 아름다운 방갈로 주변에는 부겐빌레아와 배롱나무가 있었고, 정원에는 장미의 향기와 자스민의 달콤한 향기가 서로 좋은 냄새를 뿜냈다.

　부부는 오랫동안 함께 살았는데, 어느 날 갑자기 부인이 위독한 병에 걸렸다. 그녀의 병에는 아무것도 소용이 없었다. 그녀는 죽으면서 흰 비둘기가 되어 돌아와 남편 곁과 정말 사랑하던 정원에 머무르겠다고 하인들에게 유언을 남겼다.

　부부에게는 아이가 없었다. 부인이 세상을 떠나고 몇 년이 지나자 대령은 외로워졌다. 그래서 자신보다 몇 살 어린 매력적인 영국인 과부를 만나게 되었고, 곧 그녀와 결혼하여 아름다운 집으로 데려왔다. 그런데 그가 새 신부를 현관으로 데려와서 베란다 계단을 오르는 순간, 흰 비둘기 한 마리가 정원으로 날아들더니 장미 덩굴에 내려앉았다. 비둘기는 그곳에 오랫동안 앉아서 슬프고, 억눌린 소리로 울었다.

비둘기는 매일 정원에 와서 장미 덩굴에 앉았고, 끝없이 슬프게 울어 댔다. 하인들은 울음소리를 불편해했는데 그중에는 겁에 질린 사람까지 있었다. 하인들은 전부인의 유언을 떠올렸고 흰 비둘기에 그녀의 영혼이 담겨 있다고 믿었다.

대령의 새 부인은 그 이야기를 듣고 당연히 기분이 나빴다. 남편은 이야기를 무시했지만, 부인이 크게 걱정하는 것을 보고 조치를 취해야겠다고 마음먹었다. 그래서 어느 날 비둘기가 나타나자 그는 소총을 들고 집을 빠져나와 베란다 계단을 내려갔다. 그는 장미 덩굴의 비둘기를 보고 총을 들고, 겨냥을 한 다음, 쐈다.

찢어지는 듯한 여성의 비명 소리가 들리고, 비둘기는 가슴에서 피를 흘리며 불안정하게 날아갔다. 아무도 비둘기가 어디에 떨어졌는지는 몰랐다.

바로 그날 밤, 대령은 잠을 자다가 죽었다. 의사는 죽은 원인이 심장 마비라고 했다. 하지만 하인들은 대령이 언제나 건강했으므로 흰 비둘기를 죽인 것이 진짜 원인이라고 믿었다.

대령의 과부는 데라던을 떠났고, 아름다운 방갈로는 그렇게 버려졌다. 정원은 정글로 변했고, 사람이 없는 방에는 자칼이 돌아다녔다. 대령은 자신의 땅에 매장되었다. 요즘도 그곳에 가면 비석을 볼 수 있다. 그렇지만 비문은 오래전에 지워졌다.

이제 그곳을 지나는 사람은 거의 없다. 어쨌든 지나가는 사람들은 무덤에 하얀 비둘기가 앉아 있는 것을 보았다고 말을 전한다. 가슴에 붉은 얼룩이 있는 하얀 비둘기를 보았다고.

통가를 모는 청년

　나는 다섯 살 때부터 통가(역주 : 2륜 마차)와 통가 마부를 좋
아했다. 물론 내 유모와 눈이 맞아서 달아난 통가 마부는 여기
에 포함되지 않았다. 그의 밝은 녹색 조끼와 재빠른 조랑말은
정말 마음에 들었지만, 그가 나타나기 전까지 나에게만 신경을
쏟던 유모의 마음을 훔친 그는 절대로 용서할 수 없었다. 그가
달아난 이후로 나는 통가 마부에게 은근히 편견을 갖게 되었
다. 라티프를 만나기 전까지는 그랬다.

　라티프는 생계 때문에 바퀴 두 개 달린 마차를 모는 대신 시
나 쓰면 딱 좋을 법했고, 항상 꿈속에서 사는 친구였다. 맘에
드는 여자를 보거나, 술을 마셔서 적당히 영감이 돌면 라티프
는 실제로 시를 좀 읊었다. 라티프는 자기 주장으로는 아바드
나왑의 피를 이어받은 후손이었고, 데카당스한 나왑 시인으로
보이려고 윤이 나는 흑발을 언제나 어깨까지 길렀다.

　라티프는 몸이 마른 편이었는데 시원하고 하늘하늘한 럭나

우 쿠르타 셔츠와 파자마 바지를 입었다. 눈은 콜 화장먹으로 언저리를 칠했다.

그를 처음 만난 것은 아마 내가 일곱 살 때였던 것 같다. 비가 억수로 쏟아지던 날이었다. 비 때문에 학교에 갈 수 없으면 좋겠다고 생각했지만, 맨날 나를 괴롭히던 할머니가 하인을 시켜서 통가를 불렀다.

조랑말이 진흙탕을 헤치고 바퀴가 차도의 진흙을 휘저으며 통가가 털털거리며 달려왔다. 마부와 서로 인사를 건넨 뒤 나는 그의 바로 뒤에 있는 앞자리에 기어올랐다. 비록 학교 가는 길일지라도 신나게 달리고 싶었다. 앞자리에 앉아야만 신나는 느낌이 들었다.

우리는 그렇게 떠났다.

첫 번째 탑승 이후로 나는 라티프의 열렬한 팬이 되었다. 우리들의 얼굴에 거세게 부딪히는 비바람은 라티프와 말의 드높은 기세를 해방시켰다. 라티프는 말에게 욕설과 칭찬을 퍼부으면서 고개가 꺾일 정도의 빠른 속도로 통가를 몰아 갔다.

이 광란의 질주에 내가 어떻게 반응하는지 보려고 라티프는 나를 곁눈질했다. 약간은 걱정스러워하면서도 즐기는 내 모습을 확인한 라티프는 나를 자기 쪽으로 더 끌어당긴 다음, 채찍으로 바람을 가르며 말 엉덩이를 소리 나게 때렸다. 우리는 너무 빨리 달린 나머지 알아차리기도 전에 학교를 저만치 지나쳐 버렸다.

그래도 아주 빨랐기 때문에 나는 지각하지 않았다. 라티프는 학교 문 앞에 나를 내려 주면서 말했다.

"내 이름은 라티프야. 통가가 필요하면 나를 불러라, 알겠지? 이제 우린 친구지?"

"당연하지."

내가 말했다.

"나도 크면 이런 통가를 가질 거야."

그 말을 듣고 라티프는 웃었다. 나중에 생각해 보니 쓴웃음인 것 같았다. 그는 길을 천천히 달려갔고, 나는 통가를 우러러보았다.

장마철이 시작되어 우리는 함께 통가를 많이 탔다. 통가를 타고 학교를 오갔고, 어떨 때는 길에서 벗어나서 들과 시내와 작은 마을을 가로질러서 달려갔다. 그리고 도시 빈민가의 지름길을 통해 집으로 돌아왔다.

고개 위의 기숙사 학교로 가게 된 뒤로, 나는 라티프와 그의 통가를 무척 그리워했다. 달리는 것 말고도 라티프 자체가 그리웠다. 그의 활기찬 대화, 커다란 미소, 내가 도저히 따라할 수 없는 우르두 시, 목청 높이 불러대는 노래가 그리웠다.

물론 겨울 방학이 되면 집으로 내려왔고, 라티프는 언제나 통가 종소리를 울리면서 대문 앞에서 기다리고 있었다. 해가 갈수록 몸이 마르고, 더 거칠어 보이긴 했지만, 더 늙어 보이지는 않았다. 사실 그가 몇 살인지는 전혀 몰랐다. 결핵에 걸린 사람의 모습은 종잡을 수가 없는데, 라티프의 젊음과 활기찬 기운은 그 한계 때문에 더욱 돋보였다. 인생을 즐기고, 감흥을 탐욕스럽게 빨아들이는 태도는 결핵에 걸린 사람들에게 많이 나타난다고 한다.

새월이 흐르면서 통가는 마을에서 서서히 사라지기 시작했다. 통가 대신 버스와 자전거 릭샤가 사람을 나르기 시작했다. 그러나 라티프는 자전거 릭샤를 땡볕에서 하루 종일 탈 수 있을 정도로 힘차지 못해서 이윤이 적게 남아도 통가를 계속 유지했다. 내가 보기엔 릭샤를 타거나 버스를 운전할 수 있었더라도 통가를 포기할 것 같지는 않았다.

식사는 많이 하는 편이 아니었는데, 시골에서 만든 오렌지색 음료를 많이 마셨다. 이 음료가 그의 수명을 단축시켰는지 연장시켰는지는 알 도리가 없다. 하지만 라티프가 자신의 가난을 웃어 넘기고, 새로운 시를 읊고, 말을 더욱 빨리 모는 데는 분명히 도움이 되었고, 그것이 바로 내가 원한 바이기도 했다.

우리의 가장 대담한 모험은 내가 열다섯 살 때 일어났다.

극장에 갔다가 집으로 돌아오는 도중에 라티프가 나를 통가에 태웠다. 처음에는 우리 집 방향으로 가고 있었는데, 라티프가 마을 밖을 한 바퀴 돌자고 했다. 아직 어둡지 않아서 나도 그러자고 했다. 라티프는 신이 나서 소리쳤고, 자신의 말에게 신혼부부 침대의 즐거움을 선사하겠다고 약속했다. 그리고 우리는 이 늙어 가는 말과 함께 마을을 둘러싼 망고 과수원을 지나갔다.

우리는 곧 시골로 나왔다. 라티프는 사료를 두는 의자 아래로 손을 집어넣어서 커다란 오렌지 음료를 가끔씩 꺼내 몇 모금 마셨다. 나도 오렌지 음료가 든 병에 입을 조금 대긴 했지만, 산이 위벽을 찢는 느낌이 드는 바람에 라티프가 많이 마시도록 내버려두었다.

밤이 어두워져서 나는 라티프에게 집으로 돌아가자고 했다. 언제나 나의 말을 듣던 라티프는 순순하게 통가의 방향을 돌렸다. 어둠 때문이었는지, 음료 때문이었는지 모르겠지만, 라티프는 점점 좁아지고 험난해지는 길로 말을 인도했다. 마침내 조랑말이 코로 숨을 크게 내뿜더니 멈추었다. 라티프의 손가락에서 고삐가 빠졌다. 그는 의자에 몸을 늘어뜨리더니 크게 코를 골기 시작했다.

집에 도착할 시간을 이미 훨씬 전에 넘겨 버린 나는 걱정 때문에 전혀 졸리지 않았다. 나는 통가에서 내려서 험한 길을 통해 큰길로 나왔다. 나는 황소 수레가 올 때까지 그곳에서 기다렸다. 나는 수레를 얻어 타서 마을로 돌아왔고, 열 시쯤에 집에 도착했다. 할머니는 화가 났지만, 《바람과 함께 사라지다》가 네 시간이나 걸렸다는 나의 이야기를 결국 믿어 주었다.

나는 지금까지도 라티프가 어떻게 집으로 돌아갔는지 모른다. 어쩌면 밤새 통가에서 잤을지도 모른다. 몇 주 뒤에 라티프를 만났는데, 그는 그 사건을 전혀 기억하지 못했다! 라티프는 창백하고 조금 수척해 보였다. 그리고 그동안 아팠다고 말했다.

"기침 때문에 말이야."

라티프가 불평했다.

"내 생명의 기운을 모두 기침으로 날려 버리고 있어, 친구. 어느 날 갑자기 투명해지고 말 거야. 그럼 이 세상은 위대한 시인을 한 명 잃게 되겠지."

내가 별로 놀라지 않자 라티프는 한 마디 더했다.

"그리고 너는 뛰어난 통가 마부를 잃는 거지."

물론 그의 말이 맞았다. 라티프처럼 통가를 잘 모는 사람은 없었다. 이제 그를 거리에서 자주 보기는 어려워졌다. 그의 윤기 있는 머리칼에서는 빛이 많이 사라졌고, 언제나 총명하던 눈은 퀭한 얼굴 때문에 더욱 맑아 보였다.

그는 여전히 자신과 세상에 대하여 웃어 댔고, 시를 읊었다. 그의 시는 순간 속에서 떠오르는 즉흥적인 작품이었는데, 절대로 종이에 옮겨 적는 일이 없었다. 그러기에는 라티프가 너무 게을렀다. 아쉽지만 후손들은 그의 작품을 감상할 수 없게 되었다.

어느 날 저녁에 라티프의 통가가 높은 보리수나무 아래에 서 있는 것을 보고 내가 소리쳤다.

"라티프, 오늘 집에 데려다 줄 거야?"

마차 반대쪽에서 날 올려다본 사람은 라티프가 아니었다. 이가 누렇고, 거칠게 생긴 남자였다. 하지만 조랑말과 통가는 분명히 라티프의 것이었다.

"라티프는 어디 갔어요?"

내가 물었다.

"갔지."

그 사람이 말했다.

"어디로 갔어요?"

"신만이 아시겠지. 확실한 건 그가 멀리 갔다는 것이야. 지난 주에 매장할 때 내가 도와줬거든. 어느 날 밤에 심하게 기침을 하다가 죽었지. 몸이 가벼워서 묻을 것도 별로 없었어. 라티프 부인과 아이들이 통가를 나에게 팔았어. 아마 몇 달 동안은 먹고 살 수 있겠지."

나는 라티프가 통가를 모는 말 외에 부인과 아이를 부양하고 있다는 사실을 전혀 모르고 있었다. 라티프는 자신의 사생활에 대해 말한 적이 전혀 없었다. 그렇다고 내가 궁금해 한 것도 아니었다. 나는 그저 그를 조랑말과 떼어놓을 수 없는 사이라고만 알고 있었다. 라티프는 짧은 생애를 말을 달려갔다. 그는 바람이 뺨을 스치고, 땅이 아래로 잽싸게 뒤로 지나가는 것을 즐겼던, 야성적이고 의기양양한 사람이었다.

다른 어떤 통가 마부도 내 인생에서 라티프만큼 중요한 위치를 차지하거나, 그만큼 좋아질 수 있는 사람은 없다고 나는 맹세했다. 나는 그의 신, 나의 신, 그리고 이 세상의 모든 신에게

기도를 드렸다. 라티프가 어디로 가든 빠른 조랑말이 많이 있
는 곳으로 데려다 달라고.

작가의 술집

난두는 지금까지 꽤 오랫동안 자신이 소유해 온 오래된 사보이 바를 '작가의 바'로 이름을 바꾸고 싶다는 생각을 하고 있었다. 그의 소박한 꿈이라고 해도 좋았다.

"하지만 그러려면,"

내가 말했다.

"이 술집에 작가들이 좀 와야 되지 않을까?"

"음, 너도 작가잖아, 안 그래? 작가 친구 없어?"

"거의 없다고 봐야지. 그나마 그 친구들은 술 안 마셔. 헤밍웨이 같은 술고래는 유행이 지났어."

"작년에 내가 싱가포르에 갔을 때,"

난두가 말했다.

"역사적인 래플스 호텔을 다시 방문했었어. 나이가 사보이하고 비슷한 곳이지. 그곳에 작가의 바가 있었는데, 서머셋 모엄, 조셉 콘래드, 그레이험 그린이 방문했다고 쓰여 있는 놋쇠

명판이 벽에 걸려 있었다구."

"모두 술을 많이 마시는 사람들이 아니야."

내가 지적했다.

"그래, 하지만 그 호텔에 묵었으니까, 바에서 라임 주스라도 마셨겠지."

"흠, 옛날에는 사보이에도 작가들이 가끔씩 머물렀겠지."

"펄 벅이 왔었지. 아직도 그녀의 싸인이 들어 있는 소설책을 내가 가지고 있어. 펄 벅이 노벨상 타지 않았나, 그렇지?"

"탔지. 하지만 바에 자주 갔을 것 같진 않아. 선교사의 딸로 알고 있거든."

"그러니까 술을 더 마셔야지. 어쨌든 종종 우리 바에 왔을 거야. 명판에 그녀의 이름을 넣겠어."

"그래. 펄 벅 한 명 생겼구나."

"러드야드 키플링은 어때? 여기에 머물렀을 거야."

"이봐, 친구."

내가 말했다.

"이 호텔은 1905년에 열었어. 키플링은 그때 이미 인도를 떠났고, 두 번 다시 돌아오지 않았지."

"이 사람은 도움이 안 되네."

난두가 혀를 차며 다시 물었다.

"존 마스터스는?"

"가능성 있지."

내가 말했다.

"데라딘의 구르카 연대에서 군생활을 한 사람이니까. 고개 위쪽 동네로 가끔 왔을 거야. 술도 마셨을 테고. 여기 아니면 찰빌에서 마셨겠지."

"찰빌은 관둬. 불타 없어진 지 오래야. 존 마스터스도 명판을 주자. 이제 둘이다!"

"예전 호텔 등록부를 찾아보면 어떨까?"

"저번 매니저가 들고 가 버렸어."

난두가 가엾게 말했다.

"아마 펄 벅의 싸인 때문이었을 거야."

"그 이별의 종소리에 대해서 쓴 친구가 누구지? 왜 있잖아, 새벽 네 시에 종이 울리면 사람들이 자기 방으로 돌아갈 수 있게 말이야."

"나도 종 이야기는 들어 봤어."

내가 말했다.

"그런데 작가 이름은 생각이 안 나네."

"서머셋 모엄?"

"무쑤리에 오진 않았을 거야. 여행 작가였거든."

"갠처즈? 빌 에이트킨?"

"둘 다 아직도 살아 있어. 아마 와서 술 마시라고 요청하면, 명판에 이름 올리는 것을 허락할지도 모르지."

"공짜 술 말이지?"

난두의 표정이 그리 행복해 보이지 않았다.

"물론이지."

"흠, 죽은 사람만 살펴보자. 팬디트 네루가 여기에 머물렀지. 그도 작가였어."

"그래, 난두. 그렇지만 그가 바에 들르지는 않았을 것 같은데."

"에드문드 힐러리 경?"

"자서전을 쓰긴 썼지만, 모르겠네. 에베레스트를 등정한 다음에 술 한잔 걸쳤을지도 모르지."

"그래, 이거야! 짐 코르벳!"

"그런데 그 사람은 나이니 탈에서 살았어."

내가 항변했다.

"여기에 오진 않았을 거야."

"그의 부모가 무쑤리에서 결혼했지. 그건 네가 직접 말했었어. 그리고 그 책도 썼잖아, 《루드야프라얙의 맨이터》. 루드야프라약은 여기서 8마일 밖에 떨어져 있지 않아, 직선 거리로."

"그래, 그래. 맨이터를 총으로 쏘고 나서 코르벳이 시원한 맥주 한잔 마시려고 무쑤리에서 사보이까지 걸어왔겠구나. 당시에는 도로가 없었어, 난두. 정말 술을 마시고 싶었던 모양이었겠구나."

"가능하지. 먼 거리를 걸어다녔으니까."

"맨이터를 쏘려고 그랬던 거지, 맥주 때문이 아니잖아. 그래도 무쑤리에서 부모가 결혼했다는 것이 있으니까, 명판을 주자. 그럼 누가 있는 거지?"

"펄 벅, 존 마스터스, 짐 코르벳!"

명판은 준비 중이었다. 작가의 바는 봄에 개업식을 갖기로 했다. 여기에 더 포함할 후보를 독자 여러분이 생각해 낼 수 있다면, 공술 한잔 마실 수 있는 자격을 주도록 하겠다.

어느 날 저녁, 내가 위스키를 세 잔째 마시고 있었는데, 러드야드 키플링처럼 생긴 한 신사가 바 앞으로 걸어와서 바텐더에게 물었다.

"독한 술도 팝니까?"

우리가 함께 술 마시자고 청하기도 전에 그는 벌써 사라져 버렸다.

토파즈

창밖으로 시원하게 펼쳐진, 소나무 덮인 히말라야 산기슭을 쳐다보면서 〈푸른 다뉴브강〉을 듣는 느낌은 왠지 이상했다. 그래도 왈츠는 그 순간에 가장 잘 어울리는 음악이었다. 가벼운 산들바람이 소나무를 지나치며 소리를 냈고, 가지가 음악에 맞추어 움직이는 듯했다. 전축은 새것이었지만, 음반은 상점가 뒤 고물상에서 산 것이었다.

소나무 아래쪽에는 참나무가 있었는데 그중 한 그루가 눈에 들어왔다. 참나무 숲에서 가장 큰 나무로, 작은 집 아래 둔덕에 서 있었다. 바람은 오래되어 무거운 가지를 움직일 수 있을 만큼 힘이 세지는 않았다. 그러나 왈츠 음악에 맞추어 무언가가 나무에서 부드럽게 움직이며, 흔들리며, 춤추고 있었다.

나무에 누가 매달려 있었다.

바람에 따라 끈이 떨렸고, 몸이 천천히 내 쪽으로 회전하는 바람에 여자의 얼굴을 볼 수 있었다. 그녀의 머리카락은 흐트

러져 있었고, 눈은 시력을 잃은 듯했으며, 손과 발이 흐느적거렸다.

그녀는 왈츠를 따라 계속 돌기만 할 뿐이었다.

나는 전축을 끄고 아래층으로 내려갔다. 나무들을 지나쳐 풀이 많이 자란 둔덕의 커다란 참나무로 달려갔다.

가지에 앉아 있던 꼬리 긴 까치가 놀라서 날아올라 골짜기로 내려갔다. 나무에는 아무도, 아무것도 없었다. 거대한 가지 하나가 둔덕을 반쯤 가로질러서 뻗어 있을 뿐이었다. 손을 뻗어서 닿을 수 있을 정도 높이였다. 여자 아이라면 나무 기둥을 타고 올라가지 않으면 닿을 수 없을 높이였다.

서서 가지를 멍하니 보고 있었는데, 누가 내 뒤에서 말을 걸어왔다.

"뭘 보고 있어?"

나는 뒤돌아섰다. 열일곱이나 열여덟쯤 되어 보이는 소녀가 맨땅에 서 있었다. 생기발랄하고, 건강해 보였다. 맑은 눈과 간절한 미소를 가진, 사랑스러운 소녀였다. 그렇게 예쁜 여자아이는 몇 년 만에 처음이었다.

"날 놀라게 했어."

그렇게 말하고 나는 다시 덧붙였다.

"갑자기 뒤에 와 있었네."

"뭐라도 본 거야, 나무에서?"

그녀가 물었다.

"창문에서 누구를 본 것 같았어. 그래서 내려왔지. 너는 뭘 봤니?"

"아니."

그녀는 미소를 잠시 거두면서 고개를 저었다.

"아무것도 안 보여. 다른 사람들은 보이나 봐, 가끔."

"다른 사람들이 뭘 보는데?"

"내 언니."

"네 언니?"

"응. 이 나무에서 목을 매달았어. 몇 년 전의 일이야. 그런데 가끔 매달려 있는 것이 보인대."

그녀는 아무렇지도 않게 말했다. 그녀에게는 아무렇지도 않은 일 같았다.

우리는 동시에 나무에서 물러섰다. 둔덕 위에 있는, 아무도 사용하지 않는 개인 테니스장에 돌로 만든 작은 벤치가 있었다. 소녀가 먼저 벤치에 앉았고, 잠깐 머뭇거리다가 나도 따라 앉았다.

"근처에 사니?"

내가 물었다.

"고개를 더 올라가면 있어. 아버지가 작은 빵집을 해."

그녀는 자기의 이름을 이름이 하미다라고 가르쳐 주었다. 남동생이 두 명 있다고 했다.

"언니가 세상을 떠났을 때는 꽤 어렸겠구나."

"응, 하지만 기억 나. 언니는 예뻤어."

"너처럼?"

소녀는 믿기지 않는다는 투로 웃었다.

"아, 언니에 비하면 난 아무것도 아냐. 언니를 봤어야 되는 건데."

"왜 자살한 거야?"

"살기 싫어서 그랬지. 그것뿐이냐고? 아니지. 결혼이 예정되었는데 다른 사람을 사랑했었어. 같은 마을 사람이 아니었지. 언제나 슬프게 끝나는 옛날이야기처럼 말이야, 안 그래?"

"언제나 그렇지는 않지. 그런데 그녀가 사랑한 소년은 어떻게 됐어? 소년도 자살했어?"

"아니, 다른 곳에서 직장을 얻었지. 직장 구하는 게 쉽진 않았을 거야. 아니, 쉬운가?"

"모르지. 난 직업을 가져 본 적이 없으니."

"그럼 뭐해?"

"난 이야기를 써."

"사람들이 이야기를 사?"

"왜 안 사? 네 아버지가 빵을 팔 수 있으면 나도 이야기를 팔 수 있지."

"사람들에겐 빵이 꼭 필요해. 이야기는 없어도 살아갈 수 있어."

"아냐, 하미다, 틀렸어. 사람들은 이야기 없이 못 살아."

*

하미다! 정말 사랑스러웠다. 사랑스런 소녀였다. 강렬한 욕망이나 열정이 아니었다. 결코 그런 것이 아니었다. 내 집 바깥 풀밭에 주저앉아서 야생 열매 주스를 마시고 입술이 붉게 물든 그녀를 보는 것만으로도 행복했다. 그녀는 수다쟁이였다. 그녀는 친구들, 옷, 좋아하는 것들에 대해 말했다.

"여기에 매일 오면 부모님이 뭐라고 안하셔?"

내가 물었다.

"네가 나를 가르친다고 했어."

"너에게 뭘 가르친다고?"

"안 물어봤어. 이야기를 들려주면 되잖아."

그래서 나는 소녀에게 이야기를 들려주었다.

때는 한여름이었다.

그녀의 약지에 낀 반지에 해가 비쳤다. 황금빛의 투명한 토파즈가 은반지에 박혀 있었다.

"아름다운 반지야."

내가 감상을 말했다.

"네가 껴."

충동적으로 반지를 손가락에서 빼면서 그녀가 말했다.

"좋은 생각이 날 거야. 더 좋은 이야기를 쓸 수 있게 할 거야."

그녀가 내 새끼손가락에 반지를 끼워 주었다.

"며칠 동안 끼고 있다가."

내가 말했다.

"다시 돌려받아야 해."

비가 올 것처럼 흐린 날에 시내를 따라서 골짜기 아래로 내려갔다. 하미다가 물 위로 모습을 드러낸 돌들을 따라가면서 고사리를 모으는 모습이 눈에 들어왔다.

"그걸로 뭐하려고?"

내가 물었다.

"특별한 고사리야. 채소처럼 익혀 먹을 수 있어."

"맛있어?"

"아니. 관절염에 좋아."

"관절염 있어?"

"당연히 없지. 할머니 거야. 나이가 아주 많거든."

"시내 상류로 올라가면 고사리가 더 많아."

나는 그렇게 말하고 덧붙였다.

"하지만 물에 들어가야 될 거야."

우리는 신발을 벗고, 시내 위로 철퍽거리며 올라갔다. 해가 점점 보이지 않게 되면서 계곡은 점점 어두워지고 좁아졌다. 고사리는 물의 가장자리까지 나 있었다. 그것을 따려고 동시에 몸을 숙이는 바람에 우리는 서로의 팔에 안기게 되었다. 꿈처럼 우리는 함께 천천히 부드러운 고사리밭에 누웠다. 머리

위에서 개똥지빠귀가 어둡고 달콤한 노래를 휘파람 불었다.

'시간이 우리를 지나가는 것이 아니라.' 새가 이렇게 노래 부르는 것 같았다. '너와 내가 지나가는 거야. 너와 내가······'

*

다음날 그녀를 기다렸지만 그녀는 오지 않았다.

며칠이 지나도록 소녀를 볼 수 없었다.

아픈 것일까? 그녀가 어디에 사는지 몰랐기 때문에 물어볼 수 없었다. 물어볼 수 있었더라도 도대체 내가 뭐라고 말할 수 있었을까?

그러던 어느 날, 길에서 1.5킬로미터 떨어진 작은 찻집에 빵과 과자를 배달하는 소년을 보았다. 살짝 올라간 그의 눈이 하미다와 조금 비슷해 보여서 나는 그를 따라 고개를 올라갔다. 그의 옆을 나란히 쫓아가면서 내가 물었다.

"빵집을 가지고 있니?"

그가 신나게 고개를 끄덕였다.

"있어요. 필요한 것 있어요? 빵, 비스킷, 케이크? 집으로 배달할 수 있어요."

"물론 그렇겠지. 그런데 누나 있지 않아? 하미다라고?"

그의 표정이 바뀌었다. 더 이상 친근한 얼굴이 아니었다. 그는 어리둥절하고, 약간 걱정스런 표정을 지었다.

"왜 그러는데요?"

"얼마 동안 못 봐서."

"우리도 못 봤어요."

"그녀가 떠났단 말이야?"

"몰랐어요? 정말 오랜만에 왔나 보네요. 누나는 죽은 지 오래됐어요. 자살했어요. 못 들었나 봐요?"

"그런데 그건 하미다의 언니 아닌가, 다른 누나 말이야?"

"하지만 누나는 하미다 한 명뿐이었고, 누나는 죽었어요, 내가 아주 어렸을 때. 오래된 이야기예요, 다른 사람에게 물어보세요."

그는 방향을 틀고 빠르게 가 버렸다. 나는 길 한가운데 혼자 내버려졌다. 답변할 수 없는 질문들이 내 머리를 가득 채웠다.

그날 밤에는 뇌우가 내리쳤다. 침실 창문이 바람에 덜커덩거렸다. 창문을 닫으려고 일어나 밖을 내다보자 벼락이 반짝했다. 그 순간 참나무에서 흔들리는 연약한 몸이 또 보였다.

얼굴을 보고 싶었지만, 머리는 아래를 향했고, 머리카락이 바람에 마구 휘날리고 있었다.

'모두 꿈이었을까?'

알 수 없었다. 하지만 내 손의 토파즈는 어둠속에서 은은하게 빛나고 있었다. 그리고 숲에서 들려오는 속삭임은 이렇게 들렸다.

"시간이 우리를 지나치는 것이 아니라네, 친구여, 너와 내가 지나가는 것이지……"

일곱 번 결혼한 여자의 무덤

동네 사람들은 그 무덤을 '일곱 번 결혼한 여자의 무덤'이라고 불렀다.

블루비어드의 무덤이라고 착각해도 잘못이 아니었다. 블루비어드는 문이 잠겨 있는 방에 쓸데없는 호기심을 보이던 부인을 일곱 명이나 죽였다. 그러나 이 무덤의 주인은 수잔나 안나-마리아 예이츠였다. 거의 라틴어로 된 비명에는 그녀가 관대함을 베풀어 주었던 사람들이 애도했다고 씌어 있었다. 수많은 학교와 고아원, 그리고 길 건너 교회가 그녀의 도움을 받았다. 근처에는 다른 무덤이 없었고, 그녀의 남편들은 델리 리지 아래 위치한 오래된 라즈푸르 공동묘지에 매장되어 있다고 했다.

예전에는 넓고 멋졌던 저택의 폐허를 처음 본 것은 내가 아직 10대였을 때였다. 저택은 황량하고 고요했으며, 잘 깔린 길에는 잡초가 무성했다. 꽃밭은 가시 많은 덤불 때문에 사라진 지 오래였다. 이 2층 저택 건너편에는 그랜드 트렁크 도로가 있었다. 저택은 이제 버려졌고, 사람들이 멀리하는 두려움의 대상이 되었다. 저택은 신비에 휩싸여 있었고, 악령이 산다는 소문마저 돌았다.

대문 밖 그랜드 트렁크 도로에는 수많은 승용차, 트럭, 버스, 트랙터, 우마차가 지나다녔지만, 도로에서 떨어져서 망고나무, 님나무, 보리수나무로 가려진 오래된 저택과 그에 딸린 건물을 본 사람은 거의 없었다. 저택의 폐허에는 오래된 보리수나무가 거대하게 자랐다. 이 나무는 정부들의 목을 졸랐다던 전 주인처럼 저택을 조르고 있는 형상을 하고 있었다.

남편에게서 싫증이 나면 남편을 제거하는 오묘한 습관을 가졌던 수잔나의 사악한 영혼이 버려진 정원을 떠돌아다닌다고 했다. 나는 무덤을 살펴보고, 폐허도 둘러보고, 덤불과 장미도 헤쳐 보았지만, 신비로운 여인의 영혼은 만나지 못했다. 악령의 목표가 되기에는 내 영혼이 너무 깨끗하고 순수했는지도 모른다. 만약에 그녀에 대한 이야기가 사실이라면 정말 사악한 유령이었으리라.

폐가의 지하실에는 숨겨진 보물이 있다는 소문이 돌았다. 수잔나 부인이 생전에 축적했던 재산이었다. 그런데 지하실에는 또한 엄청난 수의 코브라와 보물을 지키는 정령들이 있다고 했다. 아무도 그곳에 내려갈 정도로 담력이 세지는 않았다. 그녀는 정말 엄청난 부의 소유자였다. 평생을 그 근처에서 산 가구 제조업자 나우샤드에게 그 보물이 아직도 밑에 묻혀 있는지 물어보았다. 그의 아버지는 이 저택과 올드 델리의 다른 저택들을 위해 가구를 만들었었다.

"수잔나 부인은 엄청난 재산을 가지고 있어서 많은 사람들이 노렸지요."

나우샤드가 기억을 더듬었다.

"그렇다고 구두쇠도 아니었어요. 대궐 같은 집에 버티고 앉아서 마음대로 돈을 썼죠. 말과 마차도 여러 대씩 가지고 있었고 말이죠. 저녁만 되면 부인은 말을 타고 로샤나라 가든즈를 한 바퀴 돌았어요. 돈만 많은 게 아니라 아름답기도 해서 모든 사람들의 주목을 받았지요. 그래요, 모든 남성들이 그녀의 총애를 받기를 원했고, 부인은 최고의 남성을 골라서 사랑해 주었어요. 그중 대부분이 돈을 노리고 온 놈들이었지요. 그렇다고 부인이 그 남자들을 막지는 않았어요. 부인의 귀여움을 한동안 받았던 남자도 있었지만, 결국 부인은 싫증을 내게 되었지요. 그래서 그녀의 부를 오랫동안 누릴 수 있는 남편은 한 명도 없었어요!"

한때는 즐거움과 웃음이 흘러넘치던 곳이었지만, 요즘은 아무도 이 폐허에 발을 들여놓지 않는다. 부인은 자민다리(역주 : 영국 정부에 세를 바치고 토지 사유권을 확보한 대지주)였고, 엄청난 땅을 소유했다. 그리고 그녀는 강력한 손길로 자신의 재산을 관리했다. 부인은 기일까지 집세를 내면 상냥한 여인이었지만, 내지 못하면 끔찍한 여인으로 변신했다.

"부인이 땅에 묻힌 지 50년이나 지났지만, 뭇 남성들은 아직도 외경심을 가지고 그녀에 대해서 이야기하지요. 부인의 영혼은 안정을 찾지 못해서 생전에 살았던 화려한 저택에 자주 들른다고 해요. 부인이 대문으로 걸어들어오는 모습, 부인이 정원에서 말을 타는 모습, 부인이 4륜 쌍두마차를 타고 라즈푸르 길을 달려가는 것을 본 사람이 한둘이 아녜요."

"그런데 그 남편들은 어떻게 된 거죠?"

내가 물어봤다.

"대부분이 의문사를 당했어요. 의사들도 이해하지 못했어요. 톰킨스 사힙은 술을 너무 많이 마셨어요. 그래서 부인은 곧 싫증이 나게 되었지요. 술꾼 남편은 집밖에 되지 않는다는 이야기를 부인이 들었던 모양이에요. 아마. 어차피 술독에 빠져서 죽을 운명에 놓인 남편이었지만, 부인은 성질이 급한데다가 남편을 교체하고 싶었거든요. 흰독말풀 덤불이 들에서 자라나는 거 알고 있죠? 여기서도 잘 자라는 풀이지요."

"그럼 독풀?"

"그렇죠, 후주어(역주 : 인도의 경칭). 그걸 위스키 소다에 섞어서 주었어요. 그래서 남편은 영원한 잠에 빠져들었어요."

"인도적인 여성이었군요."

"아, 아주 인도적이었지요, 네. 누구라도 고통스러워하는 모습을 절대로 보고 싶어하는 분이 아니었어요. 이름은 모르겠는데, 어떤 남편은 집 뒤에 있는 물탱크에 빠져 죽었어요. 수련이 자라는 그런 물탱크였지요. 하지만 물에 빠뜨리기 전에 부인이 이미 반은 죽여 놓은 상태였어요. 부인은 커다랗고, 힘센 손을 가지고 있었다고 해요."

"왜 남자들하고 결혼을 했지? 그냥 정부를 두면 되지 않나요?"

"그때는 그렇지 못했어요, 후주어. 사회가 용납하지 않았죠. 인도에서든, 서양에서든 용납할 수 있는 행동이 아니었어요."

"하지만 그녀 역시 그 시대에 어울리는 여성은 아니었죠."

내가 지적했다.

"물론 그렇죠. 그리고 그 남편들은 대부분 그녀의 부를 노렸죠. 그러니 괜히 그들을 위해 미안해 할 필요는 없어요."

"부인도 전혀 동정심을 발휘하지 않은 것 같군요."

"동정심이라곤 전혀 없는 사람이었죠. 특히 남편들이 원하는 바가 무엇인지 알아낸 다음에는 특히 더 그랬죠. 차라리 사냥 당하는 뱀들이 그 남편들보다는 살아남을 가능성이 더 높을 거예요."

"다른 남편들은 어떻게 세상을 떠났나요?"

"대령이었던 남편은 소총을 청소하다가 실수로 격발되어서 죽었죠. 완전히 사고였어요. 하지만 남편 모르게 부인이 탄환을 장전했다는 소문도 있어요. 워낙 평판이 안 좋아서 죄가 없을 때도 그런 이야기를 들어야 했어요. 어쨌든 법적인 문제는 모두 돈으로 해결했어요. 재산이 많으면 그런 것은 식은 죽 먹기죠."

"그럼 네 번째 남편은 어떻게?

"아, 그분은 자연사했어요. 그해에는 콜레라 역병이 돌았고, 저승사자가 남편을 데려가 버렸어요. 하지만 비소를 적당히 먹여도 콜레라와 똑같은 효과가 나타난다는 이야기도 있지요! 어쨌거나 사망 진단서에는 콜레라가 사인으로 적혔어요. 그리고 그 진단서를 쓴 의사가 부인의 다음 남편이 됐어요."

"의사였으니까 먹는 음식을 아주 조심했겠네요."

"그래 봐야 1년 갔죠."

"무슨 일이 일어났나요?"

"코브라에 물렸어요."

"그냥 운이 억세게 나쁜 것이겠죠, 안 그래요? 수잔나 부인 탓을 할 수는 없잖아요?"

"아니에요, 후주어. 코브라가 침실에 있었거든요. 침대 기둥에 둘둘 감겨 있었어요. 의사가 자려고 옷을 벗었을 때 코브라가 물어 버린 거죠! 한 시간 뒤에 수잔나 부인이 들어왔을 때, 그는 이미 죽어 있었어요. 부인은 뱀을 잘 다루는 사람이었어요. 부인은 뱀을 해치지 않았고, 뱀도 절대로 부인을 해치는 법이 없었어요."

"그리고 그 시절에는 해독제도 없었죠. 그래서 의사는 그렇게 떠나 버렸군요. 그럼 누가 여섯 번째 남편이 되었죠?"

"잘생긴 남자였어요. 인도산 쪽을 재배하는 사람이었어요.

쪽 사업이 망해서 이 남자는 파산했어요. 인심 좋은 부인의 도움으로 다시 재산을 되찾고 싶었던 거죠. 하지만 수잔나 부인은 재산 나누는 것을 그리 탐탁하게 여기는 사람이 아니었죠."

"쪽 재배업자는 어떻게 처리했나요?"

"남편에게 독한 술을 많이 먹인 다음, 그가 쓰러지자, 우리가 다니는 바로 이 길로 끌고 나와 귀에 녹인 납을 부었다고 하죠."

"고통스럽지 않은 죽음이라고 들었어요."

"이제는 불필요해진 사람을 보내 버리기에는 좀 비싼 방법이죠."

우리는 저녁의 산들바람을 즐기면서 먼지가 나는 고속도로를 따라 걸어갔다. 그리고 얼마 있다가 당시 델리에서 가장 인기 있고 세련된 만남의 장소였던 로샤나라 가든즈에 발을 들여놓게 되었다.

"지금까지 남편 여섯 명이 어떻게 죽었는지는 알려 줬는데, 나우샤드. 그런데 남편이 일곱 아니었나요?"

"아, 일곱 번째는 젊고 용감한 판사였는데, 바로 여기에서 죽었어요, 후주어. 날이 어둑해진 다음에 둘이서 마차를 타고 공원을 지나가고 있었는데, 산적들이 부인의 마차를 공격했지요. 남편은 부인을 지키다가 칼에 맞아 죽었어요."

"부인의 잘못이 아니네요, 나우샤드."

"아니었죠 후주어. 하지만 알다시피 그는 판사였어요. 그를 습격한 사람은 그가 전에 판결을 내린 사람의 친척이었어요. 복수를 위해 나타난 것이었죠. 하지만 이상하게도 산적 중에서 두 명이 나중에 수잔나 부인을 위해 일하게 되었죠. 알아서 생각하세요."

"그리고 더 있었나요?"

"남편은 더 없었어요. 하지만 용병이었던 모험가가 나타났죠. 그가 부인의 보물을 찾았다고 해요. 그는 지금 폐허가 된 집의 지하실에서 보물과 함께 묻혀 있어요. 금, 은, 보석 사이에 그의 뼈가 흩어져 있지요. 수많은 코브라가 아직도 보물을 지킨다고 해요! 하지만 그가 어떻게 죽었는지는 아무도 몰라요. 지금까지도 밝혀지지 않았지요."

"그리고 수잔나는? 그녀는 어떻게 되었나요?"

"오랫동안 잘살았죠. 그동안 지은 범죄에 대한 벌은 현세에서 전혀 받지 않았어요! 자식은 없었지만, 고아원을 차렸고, 가난한 사람들과 학교, 기관에 돈을 많이 기부했어요. 과부들을 보살피는 집에도 기부했지요. 부인은 잠자다가 평화롭게 세상을 떠났어요."

"행복한 과부였군요."

내가 말했다.

"흑거미 같은 과부!"

독자 여러분이 괜히 수잔나의 무덤을 찾아 나서지는 않기를 바란다. 무덤은 폐허가 된 그녀의 저택과 함께 몇 년 전에 사라졌다. 그 자리에 현대식 주택이 들어서게 되었는데, 그 와중에 노동자와 건축업자들 몇 명이 뱀에게 물렸다! 근처에 사는 사람들은 아직도 사악한 유령이 갑자기 나타난다고 가끔 불평한다. 그 유령은 차 사고를 내는데, 특히 총각들이 모는 차들이 많이 당한다고 한다. 그리고 그중 한두 명은 행방불명이 되어 버렸다.

그리고 저녁이 되면 구식 마차가 로샤나라 가든즈를 달려가는 모습이 가끔 보인다고들 한다. 만약 이 마차를 우연히 보게 되면 무시하자. 레이스 커튼 뒤에서 미소를 짓는 아름다운 여인이 던지는 질문에 대답하지 말자. 그녀는 아직도 마지막 희생자를 찾는 부인이니까.

난봉꾼 하인

내가 유일하게 고용했던 하인은 쿤단 싱이었다.

그에게 그리 관심을 두지 않았으니 내가 왜 그를 선택하고, 왜 그를 고용했는지는 알 수 없는 노릇이다. 그는 그리 효율적인 하인이 아니었다. 대부분 사람들보다 많이 먹었고, 돈을 꿔갔고, 바자에서 노름을 했고, 시골에서 담근 독한 술을 마시고, 아침에는 주로 늦잠을 잤다.

쿤단 싱이 처음 일을 구하러 왔을 때는 별로 탐탁하게 보지 않았다. 표정이 없는 둔해 보이는 얼굴이었고, 내 눈을 마주보려 하지 않았다.

그런데 그는 나를 '사힙(역주 : 나리)'이라고 불렀다. 나는 처음으로 사힙이라고 불리자, 갑자기 스스로 중요한 사람처럼 느껴졌다. 게다가 그는 요리, 설거지, 정원 가꾸기, 나무 손질을 할 수 있다고 했다. 당시에 나는 번잡한 도시의 작은 방에서 살았기 때문에 정원이 없었고, 집에서 가장 가까운 나무는 1킬로

미터도 더 떨어져 있었다. 어쨌든 요리사와 일꾼이 있으면 좋겠다는 생각이 들었고 쿤단 싱이 추천서가 전혀 없다는 점이 마음에 들었다.

당시에 가정에서 일하는 대부분의 하인들은 '치트'라는 쪽지를 가지고 다녔다. 이전 고용인이 정작 자신은 내쫓으면서 이하인이 일을 잘하며 정직하다고 증명해 주는 편지였다. 치트라는 것 자체도 믿을 수가 없었고, 특히 다 해지고 너덜해진 종이가 싫었다. 그것은 마치 대학교를 졸업한 사람이 졸업장을 주머니에 가지고 다니는 모습을 연상시켰다. 쿤단 싱은 '치트'에 대해서 들어본 적이 없었고, 나는 그게 마음에 들었다. 그가 그리 고급스런 집에서 일하지 않았다는 의미였고, 그래서 내가 전 주인보다 열등하다고 생각할 필요도 없었다. 이게 아니라면 전에 있던 모든 직장에서 해고되었다는 뜻이었다.

열여덟 살의(언뜻 봤을 때 그의 나이는 그렇게 보였다) 쿤단은 부모나 친척이 전혀 없다고 말했다. 그의 부모는 그가 어릴 때 세상으로 내보내 놓고 매달 집에 돈을 부치라고 시켰던 모양이었다. 그런데 그는 그렇게 하지 않았고, 몇 년 뒤에 부모가 죽었다는 소식을 접하고는 운명이려니 어깨를 으쓱하고 말았다. 극장, 술집, 오락 시설이 전혀 없는 산골 고향 마을로 돌아갈 생각은 없었다.

그는 곧 나와 같이 살게 되었다. 그는 나의 불규칙적인 생활을 좋아했고, 특별히 할 일이 없다는 사실도 좋아했다. 저녁에 영화를 보러 나갔다가 다음날 아침에 와도 꾸지람을 듣지 않았다. 내가 침대에서 일어나기 전에 차 마시는 것을 알고, 그는 내가 침대에서 꼭 차를 마실 수 있게 해 주었다. 그렇게 하면 그날 하루만큼은 내 기분이 확실히 너그러워지기 때문이었다.

나는 쿤단 싱에게 한 달에 30루피와 음식을 제공했다. 그런데 그는 음식만 30루피어치를 먹었다. 그는 대개 월급을 선불로 달라고 했고, 그 달이 반도 지나기 전에 다 써 버렸다.

쿤단과 함께 산 지 두 달이 채 못 되어 그가 여자에 약하다는 사실을 깨달았다. 꼭 따지자면 여자들이 쿤단에게 약했다.

나는 꽤 놀랐는데, 그가 그리 매력적으로 보인다고 생각하지 않아서였다. 섹스에 심드렁한 그의 태도를 보고 독일 사람 같다고 생각했다. 허나 쿤단의 심심한 외모 아래에는 신비로운 불이 이글거리고 있었고, 아마 여자들이 그런 것을 예민하게 감지하는 모양이었다.

쿤단은 그 여자를 친척, 그러니까 삼촌의 누이라고 말했다. 여자가 쿤단보다 열 살은 많아 보였다. 그녀의 얼굴과 몸매는 성숙했지만, 자식이 있는지는 알 수 없었다. 마른 여자를 좋아하는 현대의 기준으로 봤을 때, 그녀는 매력적이지 않았다. 귀고리가 무거워서 귀가 길게 늘어졌고 모양새가 나지 않았다. 코와 입은 넓적한 편이었다. 하지만 요즘은 보기 드문 풍만한 몸매를 가지고 있었다. 커다랗고 흔들리는 가슴, 넓은 엉덩이와 실한 허벅지를 가지고 있었다. 그녀는 베란다에서 쿤단과 함께 여러 밤을 보냈는데, 나는 그게 그저 모성적인 애정이라고만 생각했다. 쿤단에게 자기 음식을 나누어 줘야 한다고 경고한 것 말고는 나는 그녀에게 그리 관심을 두지 않았다.

그 여자의 남편이 나타나서 대판 싸움을 벌인 다음에야 그녀가 친척이 아니라 애인이라는 사실을 알아차렸다. 그녀는 어이없을 정도로 침착했다. 남편이 광분하고 쿤단이 타이르는 동안 그녀는 조용하게 서 있었다. 고맙게도 주먹질로 번지지는 않았다. 남편은 상처 받은 자존심에 대한 위로금으로 20루피를 요구했고, 쿤단은 그 돈을 선불로 줄 수 있는지 나에게 물었다. 그들을 내쫓느라 그렇게 할 수밖에 없었다. 여인은 다음날 다시 나타났다. 나는 그녀를 어디 다른 곳에 두라고 쿤단에게 말했다.

"그 여자가 뭐가 좋은 거야?"

내가 그에게 물었다.

"너보다 나이가 훨씬 많잖아."

"도망갈 수가 없어요."

사힙 쿤단이 말했다.

"그녀는 어디든지 나를 따라다녀요. 사람 잡아먹는 호랑이 같아서 나 같은 약한 사람은 그녀를 만족시키는 것이 불가능해요. 남편도 그녀를 어찌 하지 못해요. 그녀가 날 좋아하게 됐는데, 왜 그랬는지는 모르겠어요. 그런데요, 사힙, 그녀가 사힙이 잘생겼다고 하네요. 혹시 관심 있으시면."

"안 돼."

나는 단호하게 말했다. 그런 모험은 감당할 수 없을 것 같았다. 특히 남편에게 정기적으로 보상하는 관계라면 더욱 가능성이 없었다.

쿤단의 두 번째 내연의 여인은 동네 푸줏간 주인의 딸이었다. 쓰레기더미 뒤, 가게 뒤의 어두운 골목 같은 불가능한 장소에서 이루어지는 비밀 정사였다. 그런데 푸줏간 주인이 그들의 정사를 알아차리고 당장 거세하겠다고 쿤단을 협박하는 바람에 관계는 그렇게 끝나 버렸다.

쿤단의 바람기와 부도덕한 탐험에도 불구하고 나는 그가 꽤 만족스러웠다. 그는 요리를 잘했고, 이래라저래라 하지 않았다. 호색한들이 늘 그렇듯이 그는 게을렀는데, 나도 게을렀으니 할 말이 없었다. 다행히 내가 일하는 동안에는 그가 게으름을 피우고, 그가 일하는 동안에는 내가 게으름을 피웠다. 완벽한 주인과 하인 관계였다. 한 친구가 나에게 말한 그대로였다. "요즘에는 손님이 너와 함께 사는구나."

아쉽게도 좋은 일이라는 것은 끝나게 마련인데, 도시에서 빈둥거리면서 사는 나의 삶이 그랬다. 나는 쿤단에게 떠난다고 말하고 그의 일손이 더 이상 필요하지 않다고 했다.

그는 정말로 비탄에 빠진 것처럼 보였다.

"사힙."

그가 말했다.

"당신은 제 아버지이고, 형제이고, 어머니입니다. 제발 저를 데려가 주세요."

"돈이 없어."

나는 그렇게 말한 뒤 덧붙였다.

"하지만 다른 직장을 구해 줄게."

내가 가끔 가던 작은 식당의 주인에게 말을 해 두었다. 그는 높게 솟아 있는 자리에 앉아만 있으면서 유리병에 든 인도 사탕을 먹는 바람에 올챙이배가 불룩 튀어나오게 된 중년 남자였다. 그의 첫부인은 자식을 낳지 못하고 죽었다. 그는 최근에 산마을에서 온 젊은 여자와 재혼했다. 고개마을 전통대로 그는 여자의 부모에게 2천루피를 주었다. 극장 근처에 식당이 있어서 장사가 잘되었고, 덕분에 주인은 젊은 부인을 얻는 사치를 누릴 수 있었다.

그는 내 추천으로 40루피 월급을 주고 쿤단을 고용했다. 그런데 젊은 하인은 질색을 하며 지구 끝까지 날 쫓아가겠다고 우겼다. 나는 헤어져야 한다고 끝내 그를 설득하고, 내가 도시를 떠난 그날부터 그는 식당에서 일하기 시작했다.

6년이 지난 뒤 나는 그 도시로 돌아갔다. 출장을 자주 다니는 직업 때문에 그 도시 부근으로 가게 되었고, 나는 감상에 젖어서 쓸데없이 시간을 허비한 곳들을 방문하기로 마음먹었다. 당연히 오랜 친구들을 만났고, 도시에 온 지 며칠이 지난 다음 그 익숙한 식당을 지나가다가 겨우 쿤단 싱을 기억해 냈다. 그래서 식당에서 들어섰는데, 주인이 나를 과분하게 환대했다.

그는 더 뚱뚱해지고 게을러져 있었다. 그건 나도 마찬가지였다. 쿤단은 일 년만 일하고 떠났다고 그가 말했다. 그 청년이 어디로 갔는지 모르겠다고 했다. 아마 고향 아니면 군대일 것이다.

나는 식당 주인과 함께 맛이 강한 차를 마시고 있었는데, 다섯 살 정도 되는 소년이 식당으로 달려들어왔다. 주인은 부성애를 환하게 드러내면서 소년이 자신의 아들이라고 소개했다.

"첫아이?"

"네, 외아들이죠."

자랑스럽게 말했다.

"하지만 보통 아들 다섯 명하고 똑같아요. 정말 건강해 뵈지요? 딱 지 에미를 닮았어요."

그는 아이의 통통할 팔을 꼬집고 머리를 쓰다듬었다.

"그래도 책을 좀 집중해서 읽었으면 좋겠어요. 나리도 아시다시피 학위가 없는 젊은이에게는 미래가 없으니까요."

"학위를 생각하기에는 너무 어리지 않나요?"

자격증 따는 데 이른 나이 같은 것은 없다고 주인이 강조했다. 그러나 나는 그의 말을 주의 깊게 듣고 있지 않았다. 소년은 나에게 매우 익숙했고, 눈에 띄는 모습이었다. 그의 좁은 이마, 비스듬한 눈, 구부러진 미소는 누군가를 연상시켰다. 쿤단싱! 나는 놀라서 자세를 다시 고쳐앉고 주인을 봤으나, 소년과

닮은 점은 발견할 수 없었다.

　이는 물론 아주 희박한 의심이었고, 나는 입을 꽉 다물고 있었다. 나는 식당 주인의 부인을 보지 못했고, 그녀가 내 전 하인과 매우 비슷하게 생겼을 가능성도 있었다. 게다가 둘 다 같은 산마을 출신이었다. 닮았다는 것 말고는 근거가 없었고, 질문을 많이 할 수도 없었다. 일단 주인이 의심을 하지 않았다. 어머니처럼 생겼다고 했다. 내가 무엇 때문에 걱정하나? 아이는 적당히 버릇없었고, 다 자라면 학위와 식당을 가지게 될 것이었다.

　나는 그 도시를 다시 방문하지 않았고, 쿤단 역시 다시 만나지 못했다.

　그런데 작년에 군인 신문을 들춰 보다가 인도의 북쪽 국경에서 용감하게 싸우다가 전사한 젊은 병사들의 사진이 나온 면을 보게 되었다. 그들 가운데 나의 전 하인이 있었다. 그는 수염을 기르고 머리를 짧게 깎았지만, 야위고 주린 표정은 그대로였다.

　나는 쿤단 싱이 꽤 자랑스럽게 느껴질 수밖에 없었다. 그는 자유롭고 편한 젊음을 보냈다. 그는 맘껏 난봉을 피웠고, 늙고 쇠약해지고 쓸모 없어지기 전에 영웅으로 죽었다. 극소수 사람들만이 그 과업을 성취할 수 있다.

원숭이 소동

할아버지는 거리의 악사에게 10루피를 주고 투투를 샀다. 그 남자는 원숭이 세 마리를 가지고 있었다. 투투가 그중에서 가장 작았지만, 장난기는 가장 심했다. 투투는 대부분의 시간을 묶여 있었다. 목걸이와 사슬에 묶여 있는 것이 너무 불쌍해서 할아버지는 투투를 풀어 주고 집 안에서 키우기로 했다. 할아버지는 신기한 동물을 기르는 것을 좋아했다. 나는 여덟인가 아홉 살이었는데, 할아버지의 취미를 자꾸 부추기는 고약한 버릇을 가지고 있었다.

할머니는 처음에 집에 원숭이를 들이는 것을 반대했다.

"지금도 애완동물이 넘치는구면."

할아버지가 기르는 염소, 흰 생쥐 몇 마리, 작은 거북이를 두고 하는 말이었다.

"하지만 내 것은 없잖아요."

내가 항변했다.

"원숭이 두 마리를 어떻게 키우니? 생각만 해도 끔찍하구나. 사내아이는 한 명도 벅차."

"아하, 하지만 투투는 사내가 아니지."

할아버지가 의기양양하게 말했다.

"작은 소녀 원숭이라구!"

할머니는 결국 두 손 들고 말았다. 할머니는 언제나 여자 아이가 있었으면 했다. 할머니는 여자애들이 남자애들보다 말썽을 덜 부린다고 생각했다. 그러나 투투는 할머니가 틀렸다는 것을 확실하게 증명해 주었다.

투투는 귀엽고 작은 원숭이였다. 움푹 들어간 눈썹 아래에서 빛나는 투투의 눈은 장난기로 반짝거렸다. 투투의 이빨은 진주처럼 하얀색이었는데, 투투가 함박웃음을 지으면 루비 이모가 혼비백산했다. 루비 이모는 그렇지 않아도 럭나우에 있는 할아버지의 애완 비단뱀 때문에 신경이 예민해져서 녹초가 될 지경이었다. 그렇지만 여기 데라는 할아버지 집이었고, 이모들와 외삼촌들은 우리의 애완동물을 참고 견디는 수밖에 없었다.

투투의 손은 바싹 말라 보였다. 몇 년씩이나 태양에 말린 꼴이었다. 나는 우선 투투에게 악수하는 법을 알려 주었는데, 그 다음부터 투투는 집에 오는 모든 손님에게 악수를 청하기 시작했다.

성질 급한 말릭 소령은 응접실에 들어서기 전에 어쩔 수 없이 투투와 악수를 해야만 했다. 그렇지 않으면 투투가 소령의 어깨에 올라타고 앉아서 머리와 수염을 가지고 놀았다.

켄 삼촌은 애완동물을 모두 싫어했는데, 그중에서도 특히 투투를 싫어했다. 투투는 언제나 켄 삼촌에게 못된 표정을 지어 보였다. 켄 삼촌은 한 가지 직업에 오래 매달려 있는 성격이 아닌데, 할아버지에게 용돈을 타 쓰는 입장이라서 다른 사람들처럼 투투와 악수를 하는 수밖에 없었다.

투투의 손가락은 재빠르고, 언제나 장난을 쳤다. 투투의 꼬리는 미관에도 좋았지만 (할아버지는 꼬리가 있으면 다 아름답다고 했다), 마치 세 번째 손처럼 사용되었다. 투투는 꼬리를 이용하여 가지에 매달렸고, 손에 닿지 않는 맛난 음식을 꼬리로 건져 냈다.

루비 이모는 처음에 투투가 집에 있는지 몰랐다. 이모 침실에서 끔찍한 비명이 들려와 우리는 뭐가 문젠가 싶어서 달려갔다. 투투가 루비 이모의 속치마를 입어 보는 중이었다! 속치마는 당연히 투투에게는 너무 컸고, 루비 이모는 방에 들어서자마자 침대에서 머리가 없는 하얀 덩어리가 마구 뛰는 모습을 봐 버렸다.

우리는 투투를 끄집어 내고, 루비 이모를 달래 주었다. 나는 투투를 기분 좋게 해 주려고 스위트피를 한 움큼 줬다. 할머니는 정원에서 스위트피를 따는 것을 싫어했기 때문에 말릭 소령이 오후의 낮잠을 자고 있을 때 그의 정원에서 따 온 것이었다.

그 다음에는 켄 삼촌이 빗이 없어졌다고 불평했다. 그리고 우리는 투투가 베란다 뒤에서 일광욕을 하면서 빗으로 겨드랑이를 긁는 광경을 발견했다. 나는 빗을 켄 삼촌에게 돌려주면서 사과했다. 하지만 삼촌은 이를 갈면서 빗을 던져 버렸다.

"아무것도 아닌 걸 가지고 괜히 그러네."

나는 그렇게 말하면서 투투를 두둔했다.

"투투는 벼룩 같은 거 없단 말이야!"

"없지. 게다가 켄보다 투투가 목욕을 더 많이 하지."

루비 이모 샴푸를 가져다가 투투를 목욕시켜 주곤 했던 할아버지가 말했다.

어쨌든 할머니는 투투가 집에서 돌아다니는 것을 반대했다. 투투는 염소와 함께 헛간에서 밤을 보내는 수밖에 없었다. 의외로 둘은 꽤 잘 지냈고, 얼마 지나지 않아서 염소가 정원 뒤에서 맛있는 풀을 뜯어먹을 때면 투투는 염소의 등에 편하게 올라탔다.

철도 연금을 타러 할아버지가 미륫에 가야 하는 일이 있었는데, 할아버지는 투투와 나를 함께 데려갔다. 할아버지는 둘 다 말썽 피우지 못하게 하려고 그러는 거라고 말했다. 우리는 투투가 기차 객실을 돌아다니며 승객들을 불편하게 하는 것을 막기 위해 커다란 검은 여행 가방에 집어넣었다. 가방 안에 지푸라기를 깔면 투투만의 보금자리가 완성되었다. 할아버지와 나는 요금을 지불했고, 투투는 그냥 짐이라고 하며 가지고 들어왔다.

가방엔 투투가 가끔 밖을 내다볼 정도의 틈이 있었는데 이 틈으로 바나나와 비스킷을 넣어 주었다. 틈은 손을 내밀 정도로 크진 않았고, 가방은 튼튼한 캔버스여서 투투가 입으로 물어뜯기는 어려웠다.

투투가 나오려고 애써 봤댔자 가방이 바닥에서 구르거나 약간 뛰는 효과밖에 주지 못했다. 데라와 미룻 기차역의 호기심에 찬 구경꾼들이 이 광경을 신기하게 쳐다봤보았다.

어쨌거나 투투는 미룻에 갈 때까지 가방 안에 있었다. 할아버지가 회전식 개찰구에서 표를 끊는 동안 투투가 갑자기 가방 밖으로 머리를 내밀자 개표원은 입이 귀까지 찢어지면서 미소를 지었다.

개표원은 금세 근엄한 표정으로 돌아왔다. 할아버지 때문에 귀찮아진 그는 목소리를 깔고 말했다.

"할아버지, 개가 있네요. 개는 표를 사야 됩니다."

"개가 아냐!"

할아버지가 성을 내면서 말했다.

"마카쿠스-미스치버스의 아기 원숭이란 말이다. 인간 종 호무스-호리블리스와 아주 가까운 친척이지! 그리고 아기는 표를 끊지 않아도 되지!"

"고양이만큼 큰데요."

개표원이 말했다.

"다음에는 이 아기의 어머니가 보고 싶다고 말하겠구만."

할아버지가 응수했다.

할아버지는 괜히 헛수고를 하면서 투투를 가방에서 꺼냈다. 그리고는 투투가 개나 고양이 또는 네발 달린 동물이 될 수가 없다고 진지하게 설명했다. 그러나 개표원은 투투를 개로 분류했고, 할아버지는 결국 표값으로 5루피를 냈다.

그래도 할아버지는 자신이 옳다는 것을 증명하기 위해서 가끔 가지고 돌아다니던 거북이를 주머니에서 꺼내더니 이렇게 말했다.

"작든 크든 다 돈을 내라고 하니, 이건 도대체 얼마를 내야 되나?"

개표원은 거북이를 유심히 살펴보더니 집게손가락으로 찔러 보았다. 그는 할아버지를 개선장군처럼 쳐다보면서 말했다.

"돈 안 내도 돼요. 개가 아니잖아요!"

인도 북부 지방의 겨울은 매우 추웠다. 할머니는 겨울이 되면 투투에게 목욕하라고 커다란 사발에 뜨거운 물을 부어 주었다. 투투는 영리하게 손으로 물의 온도를 확인하고, (내가 하는 것을 보고) 한 발을 먼저 집어넣고, 그 다음에 다른 발을 집어넣어서 목까지 물 안으로 집어넣었다.

물에 들어가서 편해지면 투투는 손이나 발로 비누를 집어서 온몸을 문질렀다. 물이 차가워지면 투투는 재빨리 튀어나와 부엌 불가로 달려가서 몸을 말렸다. 목욕하는 모습을 보고 누가 웃기라도 하면 투투는 마음에 상처를 입고, 더 이상 목욕을 하려 들지 않았다.

하루는 투투가 산 채로 거의 삶아질 뻔한 적이 있었다. 찻물을 끓이려고 할머니는 커다란 솥에 물을 담아 불에 올려놓았다. 투투는 심심해져서 솥뚜껑을 열었다. 목욕하기에 적당한 수온이라고 판단한 투투는 솥에 들어가 목만 물 위로 내밀었다.

물이 뜨거워지기 전까지는 괜찮았다. 투투는 솥에서 몸을 약간 내밀었다가 공기가 차갑게 느껴지자 다시 솥으로 몸을 숙였다. 할머니가 부엌에 돌아와서 반쯤 삶아진 투투를 솥에서 꺼낼 때까지 투투는 위아래로 방방 뛰고 있었다.

"오늘은 차하고 뭐를 먹어요?"

켄 삼촌이 신이 나서 말했다.

"삶은 달걀하고 반숙 원숭이?"

그러나 투투는 이 사건에 전혀 신경 쓰지 않았고, 여전히 켄 삼촌보다 목욕을 더 자주 했다.

루비 이모도 목욕을 자주 했다. 투투는 이모가 목욕하는 것을 좋아했다. 어느 날은 루비 이모가 머리를 감고 나서 물 위에 떠 있는 비누 거품 사이로 눈길을 줬는데, 이모의 목욕을 너무 좋아하는 투투가 그대로 따라하고 있는 것이 보였다.

그러던 어느 날 루비 이모가 우리에게 깜짝 선물을 안겨주었다. 이모는 약혼을 했다고 선언했다. 우리는 이모가 절대로 결혼하지 않을 것이라고 생각했었다. 이모가 스스로 몇 번 그렇게 말한 적이 있었다. 이제 로키 페르난데스라는 고아 섬의 학교 선생님이 이모의 인생 동반자로 등장한 것이었다.

로키는 키가 컸고, 턱이 단단해 보였다. 로키는 성격이 좋은 사람이었고, 루비 이모보다 몇 살 어렸다. 그는 멋진 바리톤 음성을 가지고 있었는데 위대한 가수 넬슨 에디처럼 노래를 불렀다. 할머니가 바리톤 가수를 좋아했기 때문에 로키는 곧 할머니의 호감을 얻었다.

"도대체 그놈은 루비가 뭐가 좋다고 그러는 거야?"

켄 삼촌이 궁금해 했다.

"여자들이 너를 좋아하는 것보단 훨씬 더 좋아할 게다!"

할머니가 퉁명스럽게 대답했다.

"루비는 좋은 여자야. 둘 다 선생이잖니. 함께 학교를 세워도 되겠지."

로키는 우리 집에 꽤 자주 찾아왔고, 올 때마다 초콜렛과 캐슈넛을 나에게 줬다. 아마 집에 초콜렛과 캐슈넛을 한없이 쌓아 두고 있는 모양이었다. 또 그는 행진곡을 몇 곡 가르쳐주었다. 루비 이모의 현명한 배필 선택이 한편으로는 부럽고, 한편으로는 멋지게 여겨졌다.

어느 하루는 이모와 로키 둘이서 약혼 반지를 사러 바자에 가자고 하는 대화를 엿듣게 되었다. 나도 따라가기로 마음먹었다. 루비 이모가 나를 데려가기 싫어할 것이 뻔했기 때문에 나는 적당히 거리를 두고 쫓아가기로 했다. 그리고 뭔가 심상치 않은 일이 일어나는 것을 감지한 투투는 나를 쫓아오기로 마음먹었다. 내가 투투에게 함께 가자고 하지 않았기 때문에 투투 역시 나를 미행하기로 마음먹었던 모양이다.

시끌벅적한 바자에 들어간 다음에는 들키지 않고 루비 이모와 로키 근처로 갈 수 있었다. 둘이 커다란 보석상점 앞에 선 다음에서야 나는 우연히 마주친 것처럼 그 앞을 어슬렁거리면서 걸어갔다. 루비 이모는 내가 못마땅한 표정이었지만, 로키는 손을 흔들면서 소리쳤다.

"이리 와 봐! 이모가 아름다운 반지를 살 수 있게 도와주렴!"

나는 반지를 사는 것이 돈 낭비로밖에 보이지 않았지만, 굳이 입밖으로 꺼내지는 않았다. 루비 이모가 싸늘한 시선을 나에게 보내고 있어서 그랬다.

"이거 봐, 예쁘다!"

내가 싸구려로 보이는 하얀 쇠에 박힌 맑은 마노석 반지를 가리키면서 말했다. 하지만 루비 이모는 쳐다보지 않았다. 이모는 다이아몬드가 들어 있는 케이스를 뚫어져라 쳐다보고 있었다.

"루비 이모니까 루비 어때?"

이모를 즐겁게 해 주고 싶은 마음에 내가 제안을 했다.

"그건 루비 이모의 행운석이지."

로키가 말했다.

"약혼에는 다이아몬드가 어울리지."

그러면서 그는 다이아몬드가 여성의 가장 멋진 친구라는 노래를 불렀다.

보석상과 이모가 다이아몬드 반지를 고르고 로키가 다른 노래를 부르는 동안, 투투가 나 말고는 아무도 모르게 가게로 슬쩍 들어왔다. 투투는 작은 울음소리로 자신의 존재를 알렸다. 곧 우리는 투투가 예쁜 목걸이를 목에 거는 현장을 목격했다.

"이건 무슨 보석이에요?"

내가 물었다.

"진주 같은데."

로키가 말했다.

"진주 맞아요."

보석상이 목걸이를 가로채려고 하면서 말했다.

"그 끔찍한 원숭이잖아!"

루비 이모가 말했다.

"이 녀석이 원숭이를 데려올 줄 알았어!"

목걸이는 이미 투투의 목을 아름답게 장식하고 있었다. 투투에게 꽤 잘 어울린다고 생각했지만, 투투는 우리에게 감상할 틈도 주지 않았다. 투투는 뛰어오르면서 로키를 옆으로 피하고, 내 다리 사이로 빠져나가 사람들이 북적거리는 거리로 도망쳤다. 나는 투투에게 멈추라고 소리치면서 쫓아갔지만, 투투는 내 말을 듣지 않았다.

투투는 잡고 이동할 수 있는 가지가 없었기 때문에 사람들의 머리와 어깨를 발판 삼아 바자를 뚫고 지나갔다.

보석상은 상점을 나와서 우리를 쫓아왔다. 로키도 쫓아왔다. 이 사건을 보고 있던 몇몇 구경꾼도 따라왔다. 무슨 일인지도 모르고 추격전에 가담한 사람들도 몇 명 있었다. 할아버지가 말한 그대로였다. '누가 지도하는지 몰라도 군중 속에 있는 사람들은 우두머리를 따라가지.'

투투는 지나가던 스쿠터의 운전자 등에 올라타서 더욱 빠르게 탈출하려고 시도했다. 스쿠터는 길에서 벗어나서 과일 점포에 진열된 바나나 무더기 앞에 급정거했고, 스쿠터에 탔던 사람은 화가 난 과일 가게 주인의 팔에 안기고 말았다. 투투는 더 도망가기 전에 잠시 멈추더니 바나나를 까서 조금 먹었다.

투투는 차양에서 세탁부의 당나귀 등에 뛰어내렸다. 당나귀는 놀라서 길을 달려나갔고, 세탁물을 옆으로 흘렸다. 세탁부도 추격에 가담했다. 등교하던 아이들은 수업보다 신나는 일이라고 판단하고 함께 따라왔다. 아이들은 신나게 소리치면서 헐떡거리는 어른들은 추월했다.

투투는 결국 바자를 떠나서 우리 집으로 향하는 길로 들어섰다. 언젠가는 잡혀서 집에 갇힐 것이라고 판단한 투투는 목걸이를 버리기로 했다. 투투는 솜씨 좋게 목에서 목걸이를 벗어서 길 옆에 난 작은 수로에 던졌다.

보석상은 고통스레 비명을 지르며 수로에 뛰어들었다. 로키도 뛰어들었다. 나도 뛰어들었다. 다른 어른과 아이들도 뛰어들었다. 보물찾기가 되었다!

대략 20분이 지나고 로키가 소리쳤다. "찾았다!"

진흙, 수련, 고사리, 올챙이에 뒤덮인 채 우리는 수로에서 나왔고, 로키는 걱정을 한시름 던 보석상에게 목걸이를 선사했다.

우리는 모두 루비 이모가 기다리는 바자로 돌아갔고, 이모는 아직도 적당한 약혼 반지를 고르고 있었다.

마침내 반지를 샀고, 약혼을 선언했고, 결혼 날짜가 잡혔다.

"결혼식날에는 저 원숭이가 근처에 얼씬도 못하게 해."

루비 이모가 분명하게 밝혔다.

"헛간에 가두어 두마."

할아버지가 약속했다.

"너희가 신혼여행 떠난 다음에나 풀어 주마."

결혼을 며칠 앞두고, 나는 부엌에서 투투가 결혼 케이크를 만드는 할머니를 도와주는 것을 보았다. 투투는 요리할 때 자주 도와줬는데, 할머니가 보지 않고 있으면 풀, 향료, 재미있는 재료를 솥에 알아서 집어넣었다. 그래서 어쩔 때는 커스터드에 고추가 들어갔고, 젤리에서 양파가 나왔고, 닭고기 수프에 딸기가 떠다녔다.

투투의 첨가물이 요리의 맛을 좋게 할 때도 있었고, 그렇지 못할 때도 있었다. 켄 삼촌은 호두 껍질이 들어간 샌드위치를 씹다가 이 하나를 잃기도 했다.

할머니가 보지 않을 때 결혼 케이크에 뭐가 들어갔는지는 정확하게 알 수 없었다. 할머니는 투투가 부엌에서는 말을 잘 듣는다고 했었다. 하지만 투투가 케이크 재료에 고추 양념, 쓴맛이 나는 호리병박 씨, 그리고 상당한 양의 달걀 껍질을 집어넣는 것을 나는 확실히 봤다!

결혼식이 끝나고 며칠 동안 보이지 않은 사람들도 있었지만, 아무도 결혼 케이크에 문제가 있다고 하지는 않았다. 사람들은 그저 맛이 좀 독특하다고만 생각했던 것 같았다.

드디어 결혼식날이 왔고, 결혼식 손님들은 데라 외곽에 있는 작은 교회로 모였다. 데라는 교회 하나, 이슬람 사원 둘, 그리고 몇 채의 신전이 있는 마을이었다.

나는 투투를 신부 들러리로 꾸며서 데려오겠다고 했지만, 할아버지 빼고는 아무도 좋은 아이디어라고 하지 않았다. 그래서 나는 말 잘 듣는 아이가 되어 투투를 헛간에 가두었다. 그렇지만 해가 비칠 수 있도록 문을 약간 열어 두긴 했다. 할머니는 자라나는 아이들에게 신선한 공기가 좋다고 말했고, 나는 투투에게도 신선한 공기가 필요하다고 생각했다.

결혼식은 문제없이 진행되었다. 루비 이모는 그림처럼 아름다웠고, 로키는 영화 스타 같았다.

할아버지가 오르간을 연주했는데, 힘이 너무 들어가서 몇 사람 되지 않는 성가대의 노래는 거의 들리지 않았다. 할머니는 약간 울었다. 나는 무릎에 작은 거북이를 올려놓고, 구석에 조용하게 앉아 있었다.

행사가 끝난 다음 우리는 햇빛이 비치는 밖으로 나갔고, 피로연을 위해 집으로 돌아갔다.

요리는 정원의 식탁에 놓여 있었다. 정원사가 책임지고 있었기 때문에 모든 것이 문제없었다. 투투는 정말 얌전히 있었다. 신선한 공기가 더 필요한지 투투는 햇빛이 비치는 바깥으로 나왔고, 3층 결혼식 케이크 옆에 앉아서 까마귀, 다람쥐, 염소가 근처에 오지 못하게 막고 있었다. 투투는 즐거운 비명을 지르며 손님들을 맞이했다.

루비 이모는 더 이상 참을 수 없었다. 이모는 화가 나서 투투에게 달려들었다. 투투는 환영을 받지 못한다는 사실을 깨닫고, 결혼 케이크 한 층을 떼가지고 도망갔다.

말릭 소령을 선두로 우리는 투투를 따라 과수원에 들어갔다. 투투는 잭프루트나무로 올라갔다. 투투는 나무 위에서 우리에게 케이크 조각을 던지기 시작했다. 투투는 행사용 색종이 콘페티가 든 봉지도 함께 들고 있었고, 케이크가 다 떨어지자 콘페티를 뿌렸다.

"이제 정말 흥이 나네!

사람 좋은 로키가 말했다.

"이제 파티로 돌아갑시다, 여러분!"

투투를 쫓아낼 결심을 한 켄 삼촌은 말릭 소령과 남아 있었다. 삼촌은 커다란 케이크 조각을 코를 맞을 때까지 나무에 돌을 던졌다. 삼촌은 욕설을 퍼붓고 소령만 남긴 채 파티로 돌아왔다.

피로연이 거의 끝날 무렵, 삼촌은 쓰지 않은 오래된 차를 차고에서 꺼내서 베란다 계단 앞으로 몰고 왔다. 삼촌은 루비 이모와 로키를 근처 무쑤리 고개 리조트에 데려다 줄 생각이었다. 그곳이 루비 이모가 첫날밤을 보낼 장소였다.

루비 이모와 로키는 가족과 친구들의 배웅을 받으면서 차의 뒷좌석에 올랐다. 루비 이모는 여왕처럼 우아하게 우리 모두에게 손을 흔들었다. 이모가 창밖으로 뺨을 내밀어서 나는 하는 수 없이 작별 키스를 했다. 모두들 신혼부부에게 행운을 빌어주었다.

로키가 노래를 부르기 시작했고, 켄 삼촌은 시동을 걸고 액셀레이터를 밟았다. 자동차는 먼지구름을 뚫고 앞으로 나아갔다.

로키와 루비 이모는 우리에게 계속 손을 흔들었다. 그런데 뒷범퍼에 타고 있던 투투도 우리에게 손을 흔들고 있었다! 투투는 손에 봉지를 쥐고 있었고, 길가에 서 있는 사람들에게 콘페티를 뿌렸다.

"투투가 함께 있는지 모르고 있어!"

내가 외쳤다.

"투투가 무쑤리까지 쫓아갈 거야! 루비 이모가 투투를 함께 지내게 할까?"

　"투투가 첫날밤을 망칠지도 모르겠구나."

　할아버지가 말했다.

　"하지만 걱정 말아라. 켄이 데려오지 않겠냐!"

윌키 대령의 멋진 사냥

날씨가 춥고 이슬이 생생하게 맺힌 2월의 어느 아침, 시왈릭스 지방이 아직 안개로 뒤덮여 있는 시간에, 윌키 대령과 나는 언덕으로 올라갔다. 대령은 오래된 육군 부시 셔츠와 카키 바지를 입고, 0.12구경 샷건을 들고 있었다. 나는 그의 지팡이를 들고 있다가 그가 걷는 것을 힘들어하면 지팡이를 건네주었다. 대령의 어린 스패니얼 사냥개 플래시는 주인을 위해 새를 쫓는 역할을 했는데, 우리 앞으로 걸어가다가 내키면 뒤로도 가곤 했다.

대령은 60대 초반이었고, 연금으로 연명하고 있었다. 대령은 젊었을 때 사격 솜씨가 좋았다. 그는 인도에서 오랫동안 체류했고, 다양한 때와 장소에 그가 잡은 가젤, 영양, 물소, 눈표범의 머리가 베란다 벽에 걸려 있었다.

결국 세월이 흘러 대령의 팔에는 관절염이 생겼고, 그는 언제나 비싼 위스키를 잔뜩 마셔 댔다. 이러한 이유로 대령의 사격 솜씨는 엉망이 되었다. 대령은 자신의 집에 나를 일주일 동안 초대해 놓고, 자고새 사냥을 가자고 약속했다. 대령은 약속을 어기는 사람이 아니었다. 나는 일찍 일어나는 것을 싫어해서 사냥을 가고 싶은 생각이 없었지만, 전날 밤에 대령이 총에 기름을 칠하고 열심히 닦는 모습이 생각났다. 그를 실망시킬 수는 없었다.

"자고새 사냥엔 이 지역이 최고야."

가파른 둔덕을 오르느라 총을 나에게 주고 지팡이를 건네받으면서 그가 말했다.

"근처에 덤불하고 들이 많아서 자고새가 살기 좋아. 하지만 아쉽게 다른 동물은 없어. 사슴은 몇 년 전에 다 사냥해서 사라져 버렸지."

얼마 있지 않아 플래시가 고개를 들고 바람의 냄새를 맡았다.

"개가 냄새를 맡았구나."

대령이 말했다.

"가서 새를 공중으로 올려 보내라, 이 녀석아!"

플래시는 코를 땅에 대고 달려가더니 란타나 덤불 숲으로 들어갔다. 개가 들어가자 자고새 무리가 덤불에서 날아올랐다. 대령은 지팡이를 떨어뜨리고, 총을 잡아 어깨로 들어올리더니 막 쏘아 댔다.

새는 한 마리도 떨어지지 않았다. 새들은 관목 덤불 위를 낮게 날아올랐고, 고개 능선을 따라 한 바퀴 돌더니 200미터 떨어진 곳에 내려앉았다.

"운이 없네요."

내가 말했다.

"너무 멀구만."

대령이 말했다.

"사정 거리에서 벗어났군. 잘했다, 플래시."

개가 씩씩하게 돌아오는 것을 보고 그가 말했다.

"잡을 거라네."

윌키 대령은 지팡이는 잊은 채 겨자 밭을 지나면서 개가 너무 멀리 나간다 싶으면 다시 부르곤 했다. 밭에 한참을 들어간 다음에 대령은 개가 달려가게 놔두었다.

플래시는 자기 일을 확실하게 할 줄 알았다. 새들은 다시 날아올랐고, 대령도 마찬가지로 다시 총을 쏴 댔다.

대령은 표적에서 한참 떨어진 곳에 쐈다. 자고새들은 밭 위를 빠른 속도로 낮게 날아가서 100미터가 떨어지지 않은 곳에 내려앉았다. 새들은 대령이 전에 쏜 것을 기억하고 있었으며, 대령이 절대 맞히지 못할 것이라는 사실을 깨닫고 안심했다.

플래시는 뭉툭한 꼬리를 신나게 돌리면서 돌아왔다. 대령이 상을 내리는 것도 아니었지만, 플래시는 혼자 즐기고 있었다.

"탄약이 문제야."

얼굴이 빨개지더니 대령이 불평했다.

"도대체 쓸모가 있어야지 말이야. 총알이 새한테서 튕겨져 나오잖아."

"신경 쓰지 마세요."

내가 말했다.

"다시 한 번 해 봐요. 멀리 안 갔어요."

우리는 신발과 바지에 진흙을 묻히면서 겨자 밭으로 더 깊숙이 들어갔고, 플래시는 만발한 노란 겨자 꽃을 헤치고 들어갔다. 새들이 다시 떠올랐다. 대령의 총도 다시 올라갔다. 총소리는 연달아 두 번 울렸다.

새 한 마리가 땅으로 떨어졌다. 윌키 대령, 플래시, 자고새들, 나까지 모두가 깜짝 놀랐다.

"멋진 사격이었어요, 대령님!"

내가 소리쳤다.

"가서 잡아와, 플래시!"

대령이 신이 나서 외쳤다. 그리고 나에게 말했다.

"오늘 저녁은 자고새 구이라네, 젊은이!"

자고새를 처음 쏜 사람처럼 대령은 기뻐했다. 나도 덩달아 기뻤다.

플래시는 앞으로 뛰쳐나갔다. 새를 놀라게 만드는 일은 한두 번이 아니었지만, 새를 물어오는 일은 사하란푸르 케넬 클럽에서 플래시가 훈련 수업을 졸업한 뒤로 처음이었다. 그래서 그랬는지 그의 다음 행동은 전혀 사냥개답지 못했다.

그는 입으로 새를 물더니만, 우리에게 돌아오는 대신에 귀중한 전리품을 들고 도망가 버렸다!

"플래시, 당장 이리 와!"

월키 대령이 소리쳤다.

"저 멍청한 개가 새가 자기 것인 줄 아네!"

"뭐, 가질 자격이 있잖아요."

내가 말했다.

"나도 가질 자격이 있다구!"

대령은 바로 맞받아치더니, 오랜만에 솔직한 말을 한 마디 했다.

"몇 년 만에 처음 잡은 자고새란 말야. 팔이 문제가 생긴 다음에는 말이야."

우리는 플래시가 혹시나 새를 멀쩡하게 가지고 돌아오지 않을까 약간 기대하면서 터벅터벅 밭을 건너왔다. 하지만 실망만이 우리에게 돌아왔다. 개는 입가에 자고새 깃털 몇 개를 묻힌 채 깊은 죄책감을 내비치면서 두 시간 뒤에 돌아왔다.

"흠, 남김없이 먹었네요."

내가 말했다.

대령은 개를 매우 아꼈기 때문에 벌을 줄 생각이 없었다. 그러나 몇 분이긴 했지만, 대령의 입에서는 정중한 신사의 말 대신에 거친 군인 욕설이 튀어나올 수밖에 없었다. 덕분에 나의 어휘 사전에는 새로운 용어가 몇 가지 늘어나게 되었다.

가문의 귀신

"귀신 이야기 해 줘요."

저녁이 된 다음, 베란다에 있는 오래된 소파에 편안하게 자리잡고 앉아 있던 집주인 아줌마 비비지에게 이야기를 해 달라고 졸랐다.

"살던 마을에 귀신 이야기 하나 정도는 있을 거 아녜요."

"아, 많았지."

지치지도 않고 우리에게 이상한 이야기를 한없이 들려주던 비비지 아줌마가 말했다.

"우리 마을에는 사악한 추렐, 장난꾸러기 프레트, 도망가 버린 무니자 귀신이 있었어."

"무니자가 뭐예요?"

"무니자는 결혼 전날에 자살한 브라만 총각 귀신이야. 우리 마을 무니자는 오래된 보리수나무에 깃들어 있었어."

"왜 귀신들은 모두 보리수나무에 있을까?"

내가 말했다.

"그건 나중에 얘기해 줄게."

비비지 아줌마가 말했다.

"우선 무니자 이야기를 들려줄게……."

비비지 아줌마에 의하면, 마을 보리수나무 근처에는 보리수
나무에 붙어 살던 무니자의 특별한 보호를 받는 브라만 가족이
살고 있었다. 이 귀신은 이 가족에 붙어 살면서 (그와 약혼했던
여자의 가족이었다) 돌, 뼈다귀, 똥오줌, 쓰레기를 가족에게 던
졌다. 그리고 끔찍한 소리를 내고, 기회 있을 때마다 가족을 놀
라게 해서 자신의 특별한 애정을 자랑했다. 그의 기묘한 배려
덕분에 가족은 점점 줄어들었다. 식구가 하나 둘 죽어 갔고, 무
니자가 괴롭힐 가치도 없다고 느껴서 신경 쓰지 않던 바보 소
년만이 살아남게 되었다.

그런데 모든 사람이 탄생, 결혼, 죽음을 경험해야 하는 것이
이 마을이 전통이었다. 그래서 마을 사람들은 이 바보의 결혼
계획을 세웠다.

마을 장로들은 회의를 열어 바보가 결혼을 해야 한다고 결정
했다. 그리고 아직까지 구혼자가 없는 열여섯 살 잔소리꾼을
아냇감으로 정했다.

잔소리꾼과 바보는 곧 결혼했고, 둘만 달랑 남겨졌다. 불쌍
한 바보는 생계를 유지할 방법이 없었기 때문에 구걸을 해야
했다. 결혼 전에도 자신을 챙기기 어려운 판이었는데, 이제는

부인 때문에 짐이 하나 더 늘어난 꼴이었다. 부인은 바보의 집에 들어서자마자 바보의 귀에 상자를 걸어 준 다음, 저녁 식사를 위해 음식을 가져오라면서 남편을 집 밖으로 내몰았다.

불쌍한 바보는 집집마다 찾아다니면서 문을 두드렸지만, 결혼 피로연을 열어 주지 않은 데 화가 나 있던 주민들은 그에게 아무것도 주지 않았다. 저녁에 빈손으로 돌아오자 부인이 소리를 질렀다.

"이제 돌아왔냐, 이 바보야? 도대체 어디 있다가 온 거야, 그리고 도대체 뭐라도 갖고 오긴 한 거야?"

남편이 한 푼도 가지고 있지 않다는 것을 안 부인은 화가 나서 그의 터번을 찢은 다음, 터번 쪼가리를 보리수나무에 던졌다. 그리고 빗자루를 집어들더니 남편을 때리기 시작했고, 남편은 고통의 비명을 지르면서 집에서 도망갔다.

그래도 잔소리꾼 부인의 분노는 사그라지지 않았다. 보리수나무에 남편의 터번이 걸려 있는 것을 보고 그녀는 욕설을 지껄이며 나무 기둥을 두드려 패기 시작했다. 나무에 살던 귀신은 그녀가 때리는 것이 너무 아팠고, 그녀의 욕설에 부정을 타서 자신의 존재가 없어지지 않을까 걱정한 나머지 투명한 몸을 이끌고 오랫동안 살던 나무를 떠났다.

그는 회오리바람을 타고, 마을 밖으로 이어지는 길로 계속 달려나가던 바보를 따라갔다.

"잠깐 기다려, 동생!"

귀신이 소리쳤다.

"부인은 떠날 수 있어도 가문의 귀신은 버리면 안 되지! 나도 그 잔소리꾼 때문에 보리수나무를 떠날 수밖에 없었어. 고약한 여인의 욕설은 귀신도 상대 못하지! 이제 우리는 형제다. 같이 행운을 찾아 떠나자. 하지만 부인에게 돌아가지 않는다고 약속을 먼저 해 주면 좋겠어."

바보는 기꺼이 약속을 했고, 둘은 커다란 도시에 도착할 때까지 함께 여행을 했다.

도시에 들어서기 전에 귀신이 말했다.

"내 이야기를 잘 들어 봐, 동생. 내 충고대로 하면 돈을 크게 벌 수 있을 거야. 이 도시에는 아름다운 여인이 두 명 있는데, 한 명은 라자(역주 : 왕)의 딸이고, 한 명은 부유한 고리대금업자의 딸이야. 내가 라자의 딸에 붙으면, 그녀의 아버지가 딸을 고치려고 별 짓을 다할 거야. 하지만 아무 소용이 없겠지. 그동안 너는 고행자 옷을 입고 거리를 매일 돌아다니고 있으면 돼. 그러다가 라자가 와서 딸을 고쳐달라고 하면, 아무 이유나 갖다 붙여서 고치겠다고 해. 나는 너를 보자마자 딸에게서 떠날 거야. 그 다음에는 고리 대금업자의 딸에게 가서 붙을 거야. 하지만 그때는 고리대금업자의 딸 근처에 얼씬도 하지 마. 나는 그녀를 사랑하고 있어서 그녀를 포기할 생각이 없거든. 네가 그녀 근처에 오면 모가지를 분질러 버릴 거야."

귀신은 회오리바람을 타고 떠났고, 바보는 스스로 도시에 들어가서 순례자들이 묵는 숙소에서 잤다.

그 다음날 라자의 딸이 극도로 아프다는 소식이 퍼졌고 도시 사람들은 안절부절못했다. 하킴과 바이드라는 의사들이 왔다 갔지만, 모두 딸을 고칠 수 없다고 진단했다. 라자는 슬픔에 빠졌고, 아름다운 외동딸을 고치는 사람에게 재산의 반을 나눠주겠노라고 선포했다. 바보는 먼지와 재를 자신의 몸에 뿌리고, 거리를 걸어다니기 시작했고, 가끔 의미 없는 소리를 냈다. 붐, 붐, 보! 봄 볼라 나쓰!

사람들은 그의 모습을 보고 현명한 성인이라고 생각했고, 그를 라자에게 알렸다. 라자는 도시를 찾아와 바보 앞에서 무릎을 꿇고 딸을 살려달라고 애걸복걸했다. 바보는 겸손한 척도 하고, 내키지 않은 척도 한 다음, 라자를 따라서 궁궐에 가겠다고 동의했다. 궁궐에 오자 그의 앞에 딸이 불려왔다.

그녀의 머리카락은 엉망으로 흐트러져 있었고, 이가 서로 부딪히고 있었으며, 눈이 눈구멍에서 튀어나올 것만 같은 형상이었다. 그녀는 비명을 지르고, 저주를 퍼붓고, 자신의 옷을 찢어댔다. 바보는 딸 앞에 서서 무의미한 주문을 외웠고, 귀신은 바보를 알아보고 외쳤다.

"나갈게, 나갈게! 붐, 붐, 보!"

"네가 돌아오지 않는다는 증거를 남겨라."

바보가 귀신에게 요구했다.

"이 소녀를 떠나자마자."

귀신이 말을 꺼냈다.

"망고나무를 뿌리뽑겠다. 그것이 나의 증거다."

몇 분 뒤에 망고나무가 쓰러졌다. 소녀는 발작에서 회복되었고, 자신에게 무슨 일이 일어났는지 전혀 기억하지 못했다. 소식은 도시 전체로 퍼졌고, 바보는 존경과 경이의 대상이 되었다. 라자는 약속대로 그에게 재산의 반을 나눠줬다. 이렇게 바보에게 행복과 성공의 시대가 시작되었다.

몇 주 뒤에 귀신은 깊게 사랑해 마지 않는 고리대금업자의 딸에게 달라붙었다. 딸이 미쳐 버린 것을 보고 고리대금업자는 의술에 능하다는 바보를 불렀고, 딸을 낫게 해 주면 많은 돈을 주겠다고 했다. 귀신의 경고를 기억해 낸 바보는 그의 청을 거절했다. 고리대금업자는 화가 났고, 심복들을 시켜서 무력으로 그를 데려오게 했다. 바보는 저항할 수단이 없었기에 어쩔 수 없이 부자의 집에 끌려왔다.

오랜 친구를 본 귀신은 화를 내며 소리쳤다.

"바보야, 왜 우리 약속을 깨고 여기에 온 거지? 이제 네 목을 부러뜨릴 수밖에 없구나!"

그러나 현자로 유명해진 바보는 정말로 현명해져서 이렇게 말했다.

"귀신 형제여, 당신을 귀찮게 하려고 온 것이 아니라, 끔찍한 소식을 전하기 위해 왔다네. 나의 오랜 친구이며 보호자여, 우리는 빨리 이 도시를 떠나야만 한다네. 내 끔찍한 부인, 그 잔

소리꾼이 우리를 모두 다시 마을로 데려가서 괴롭히려고 여기
에 왔다네. 그녀는 지금 이 집으로 오고 있다네. 조금 있으면
도착할 거라네!"

　귀신은 이야기를 듣고 소리를 질렀다.

　"아, 안 돼. 아, 안 돼! 그녀가 온다면 우리는 빨리 도망가야
돼! 붐 보, 붐 보, 가자, 가자!"

　그리고 나서 귀신은 집의 벽과 문을 부수면서 작은 회오리바
람에 몸을 싣고, 비어 있는 보리수나무를 찾아 도시를 황급하
게 빠져나갔다.

　딸이 악령의 영향에서 벗어난 것을 보고 너무 기뻐서 고리대
금업자는 바보를 껴안고, 온갖 선물을 주었다. 그리고 얼마 지
나지 않아 바보는 고리대금업자의 아름다운 딸과 결혼하고, 장
인의 재산을 물려받아서 도시에서 가장 성공적인 고리대금업
자가 되었다.

　비비지 아줌마는 그렇게 이야기를 끝맺었다.

돈 없는 삶

내가 이십 대였을 때는 많은 사람들이 전깃불 없이 살았다. 전기가 없어서가 아니라 아무도 전기세를 내지 않아서 그랬다.

당시의 데라는 불황이었고, 일거리도 적었다. 최소한 내 이웃들은 그랬다. 소득세 변호사 수레시 마쑤르는 두 가지 이유로 파산 지경이었다. 일단, 소득세를 낼 정도로 수입이 많은 사람이 드물어서 고객이 거의 없었다. 그리고 일을 맡게 되면 처리 속도도 느린데다 일을 완수하는 데 별 신경을 쓰지 않았다. 그는 아침 열한 시 전에는 거의 일어나지 못했고, 라즈푸르에서 온 버스를 타고 자신의 사무실 혹은 조금 더 가면 있는 소득세 사무소에 도착할 즘이면 점심 시간이 다 되어 세무서 직원들이 모두 나가고 없었다.

수레시는 로얄 카페에 들러서 (주로 내 돈으로) 맥주를 한두 잔 걸치고, 진앤토닉을 더했다. 그 다음에 자신의 이층 사무실로 비틀거리면서 올라가서 오후의 낮잠을 위해 소파에 쓰러졌

다. 그리고 소득세 사무소가 닫는 오후 여섯 시 이후에나 일어
났다.

나는 그의 사무실 옆에 방 두 개를 썼고, 그와 친하게 지냈는
데, 우리는 둘 다 P. G. 워드하우스의 해학 문학을 좋아했다.
나는 그가 버티 우스터를 따라 하는 것이 아닌가 생각했다. 그
가 연한 자줏빛 혹은 노란색 양말을 신거나, 핑크빛 셔츠와 밝
은 녹색의 타이를 매고 나타나기 때문이었다. 함께 있는 사람
을 난처하게 만드는 차림이었다. 그러나 버티 우스터와는 달리
그를 도와주거나, 그에게 화난 빚쟁이, 출판업자, 고객을 떼어
내 줄 집스가 없었다. 나는 수레시를 조심스러워했다. 그는 친
구 모두들에게서 돈을 많이 꿨고, 갚을 생각을 편리하게 잊어
버리는 사람이었다. 나는 돈이 많지 않았기 때문에 돈을 헤프
게 쓰는 친구를 두기는 어려웠다.

되돌아보니 돈이 없는 사람이 그렇게 많았던 것이 신기할 정
도다. 스위스 기자인 윌리엄 마테손의 경우, 취리히에서 송금
오는 일이 없었다. 집주인의 남편은 2년 전에 아내를 버리고
떠났다. 마단 씨는 아무도 원하지 않는 중고차를 팔았다. 모퉁
이의 식당 주인은 빈 테이블에 둘러싸여 고독한 영광을 즐겼
다. 아이디얼 북 디포트 서점 주인은 재고분 책을 팔아서 조그
만 창고 같은 서점을 대형 상가로 바꾸려고 했다. 요즘 사람들
이 책을 거의 사지도 않고 읽지도 않는다고 사람들이 불평하지
만, 50년대나 60년대에는 손님이 더 없었다. 당시에는 의사,

치과 의사, 영어 학교 경영자만이 돈을 버는 것처럼 보였다.

수레시는 우리에 비해 장점이 있었다. 그는 라즈푸르 언덕에 아버지로부터 물려받은 오래된 방갈로를 가지고 있었고, 여기서 늙은 남자 하인을 두고 혼자 살았다. 그 재산이 있어서 빚쟁이들이 잘 봐주는 편이었다. 토지에는 망고와 여지 과수원이 자랑스럽게 있었고, 계약을 통해 과수원의 과일을 팔았다. 여기서 나온 수입으로 마을에 있는 사무실 임대료를 냈고, 조금 남은 돈으로는 로얄 카페 주인에게 외상값을 조금씩 갚았다.

변호사도 사정이 좋지 않을 정도였으니 기자는 어려웠을까? 어떤 독일 신문 특파원 폰 헤셀타인의 조수로 인도에 왔을 때만 해도 윌리엄 마테손의 사정은 그리 나쁘지 않았다. 폰 헤셀타인은 윌리엄에게 일을 조금씩 떼주었고, 그 덕분에 한동안은 괜찮았다. 윌리엄은 폰 헤셀타인의 가족과 함께 살았고, 수레시와도 친구였으며, 로얄 카페에서 가끔 그의 술값을 내줄 정도였다. 그러던 중 윌리엄이 폰 헤셀타인의 부인과 잠을 자는 (굳이 죄라고 하진 못해도) 멍청한 짓을 저질렀다. 윌리엄은 우리에게 말라이의 활기찬 기운을 광고하듯 보여 주는 이십 대의 건장한 말라이 청년과 폰 헤셀타인 부인이 잤다고 말하며 자신의 잘못을 정당화했다. 윌리엄은 당연히 폰 헤셀타인의 부인에게 좋은 일을 해 주고 있다고 생각했다. 그러나 폰 헤셀타인은 아량이 넓지 못했다. 그는 윌리엄을 집에서 쫓아내고, 더 이상 일을 주지 않았다.

결국 윌리엄은 오래된 타자기를 빌려서 스스로 특파원 노릇을 시작했고, 둔 게스트하우스에서 기거했다. 그는 스위스와 독일 신문사들에게 기사를 폭탄처럼 쏟아 부었지만, 그의 기사를 받아 주는 곳은 거의 없었다. 인도의 5년 계획이라든지, 코르부지에의 찬디가르라든지, 바크라−난갈 댐 같은 것에 관심 있는 사람이 있을 리가 없었다. 인도에서 출판은 교과서로 한정되어 있었는데, 그렇지 않았다면 윌리엄이 프랑스 외인 부대에 대하여 자세하게 기술할 수 있었을지도 모를 일이다. 로얄 카페에서 럼 두세 잔을 마시고 나면 그는 디엔−디엔−푸 함락 전후 외인부대의 활약을 우리에게 거창하게 쏟아냈다. 어떤 이야기에는 진실이 담겨 있었지만, 어떤 것은 (특히 그의 성 체험은) 뻔한 거짓말이었다. 그래도 그의 이야기를 듣기 위해 맥주나 커피를 사 주는 것이 기뻤다.

나는 문학으로 벌어먹고 있었다. (전국에 퍼진 대여섯 군데) 인도 신문사에 이야기와 기사를 팔았고, 가끔 BBC나 영국의 아이들 잡지인《영 엘리자베탄》에 이야기를 팔았다. 당시에는 에세이와 단편 소설 시장이 좀 더 컸기 때문에 젊은 시절의 내 이야기는 요즘보다 쉽게 팔릴 수 있었다.

그때는 무명 프리랜서 작가 러스킨 본드에게 영광의 나날이었다. 나는 펜으로 먹고살겠다는 스스로의 꿈을 실현하고 있었고, 런던과 뉴델리를 등지고 북인도의 작은 마을에서 그렇게 하고 있었다. 내게는 대단한 작가가 되고자 하는 야망이 없었

고, 유명해지거나, 돈을 많이 버는 작가가 되고 싶은 생각도 없
었다. 나는 그저 글을 쓰고 싶었다. 독자를 몇 명 두고, 가끔 수
표가 날아오면 꿈의 생활을 유지할 수 있을 것이었다.

수표는 제멋대로 찾아왔다. 《위클리》에서 50루피, 《스테이츠
맨》 아니면 《스포츠와 여가》에서 35루피가 오는 식이었다. 이
것으로 생계를 유지할 수 있었는데, 이는 자신들보다 돈을 더
많이 벌면 안 된다고 생각하는 수레시 마쑤르와 윌리엄 마테손
과 몇몇 다른 전문 직종 종사자들에게 부러움을 살 정도의 금
액이었다. 수레시는 내가 세금을 내야 된다고 주장하고, 다른
고객들은 다 놓쳐 버렸으면서 나를 대변해 주겠다고 나섰다.

윌키 대령은 전혀 돈을 벌지 않았다. 그는 적은 연금을 가지
고 화이트하우스 호텔의 모퉁이 방에서 살아가고 있었다. 그의
부인은 아마 그의 술버릇 때문에 몇 년 전에 그를 떠난 듯했다.
그러나 그는 가구를 자꾸 옮기는 부인의 집착 때문에 자신이
떠났다고 주장했다. 그녀는 언제나 물건을 옮기고, 방을 바꾸
고, 멀쩡한 테이블과 의자를 내버리고, 여기저기서 구해 온 화
려한 가구로 대체했다. 대령이 편한 의자를 발견하고 잘 앉는
다 싶으면, 그 의자는 다음날에 사라지고 끔찍하게 추하고 불
편한 것으로 바뀌어 있었다.

"정신 고문이었어."

화이트하우스의 베란다에서 맥주 한잔을 들이키면서 윌키
대령이 나에게 털어놓았다.

"거실은 잡다한 장식물과 허약한 사이드 테이블로 가득 찼었지. 그리고 나는 그것 때문에 맨날 넘어졌다구. 지뢰밭 같았다니까. 그리고 지뢰는 언제나 제자리에 있지도 않았어. 내가 발 저는 것, 자네도 알지?"

"1차 세계 대전?"

한번 추측해 보았다.

"이프르에서 얻은 상처? 아니면 플랜더스?"

"전혀 그런 게 아냐."

대령이 코웃음쳤다.

"한두 군데 살갗에 상처를 입긴 했지만, 허구한 날 움직이는 탁자와 의자 때문에 얻은 상처에 비하면 그런 건 아무것도 아니지. 커피 테이블에 넘어져서 어깨가 빠졌지. 그리고 엉뚱한 곳에 있는 의자 때문에 발목이 부러진 적도 있어. 한번은 책꽂이가 내 위로 쓰러졌고. 말아 놓은 카펫에 걸려 넘어지고 커튼 봉에 맞기도 했어. 자네라면 이런 거 참겠나?"

"아뇨."

인정할 수밖에 없었다.

"그녀를 떠날 수밖에 없었어, 당연히. 그녀는 잉글랜드로 갔지. 나는 수당을 보내고 있어. 내 연금의 반이야! 그걸 모두 가구에 쏟아 붓고 있다구!"

좋아하는 스프링 침대가 갑자기 딱딱한 나무 널빤지 침대로 바뀐 사건이 최후의 신호였다. 그 위에서 자는 것은 고문 그 자체여서 집을 떠나 화이트하우스 호텔의 장기간 손님으로 눌러 앉았다.

이제 그는 거꾸로 아무도 자신의 방 안을 만지거나 정리하지 못하게 했다. 식탁보에는 맥주 얼룩, 가족 사진에는 거미줄, 책에는 먼지, 서랍장 위에는 빈 알약 병, 신지 않는 오래된 장화에는 생쥐가 살림을 차렸다.

우리는 주로 베란다에 앉아서 맥주를 바치는 호텔 종업원의 시중을 받았기 때문에 방을 많이 보지는 않았다. 대령의 신용이 바닥났기 때문에 맥주 값은 내가 착실하게 냈다. 그때 그는 60대 후반이었던 것으로 생각난다. 그는 어디에도 가지 않았다. 울 안에서 산책하지도 않았다. 풍 때문에 그렇다고 했지만, 실은 굼뜨고, 바의 영역을 벗어나기 싫어서 그런 것이었다. 바 근처에 있으면 가끔 동정적인 손님으로부터 술 한잔 얻어 마실 수 있었기 때문이었다.

윌키 대령은 삶을 포기했다. 잉글랜드로 갈 수도 있었겠지만, 그곳에서는 더 비참했을 터이다. (그가 보답할 리가 없으니) 아무도 술을 사 주지 않을 테고, 더군다나 부인이 갑자기 나타나서 가구를 재배치할 가능성도 무시하지 못했다.

내 가구는 아무도 바꿔 놓지 않았다. 침대와 책상으로 쓰는 오래된 식탁 말고는 가구랄 것도 없었다. 집주인은 데라 최초의 여성 가게 주인이었다. 그녀는 시력이 나쁘고 혈압이 높은 아주 덩치 큰 여자였다. 어쨌거나 그녀는 훌륭한 아침 식사를 내놨다. 속을 채운 파라타 빵과 샬감 무 장아찌였는데, 이걸로 하루 종일 버틸 수 있었다. 저녁에는 길을 따라 조금 걸어가면 있는 오리엔트 시네마 극장 근처 다바 식당에서 먹었다.

오리엔트는 데라에서 오래된 극장 축에 들었는데, 1930년대에 파시 교도인 가즈더 씨가 세우고, 그 뒤로 계속 이어져 내려왔다. 입구 위에는 둔 스쿨의 미술 선생 수디르 카스트기르가 만든 눈길을 끄는 무회 프레스코 벽화가 있었다. 극장에서 어렸을 때는 에봇과 코스텔로의 코메디와 〈키 라르고〉라든지 〈말타의 매〉 같은 고전을 봤고, 1950년대에는 인도 영화, 그 뒤로는 가벼운 에로물을 봤다. 〈다크 블루 나이츠〉라든지 〈침실의 정사〉 같은 이국적인 제목을 내건 영화들이었지만 실은 남부에서 만든 것들이었다.

카란푸르와 딜라람 바자의 젊은 친구들은 나와 가끔 영화를 보러 갔고, 집에 나를 자주 초대했다. 이 어린 친구들이 언제나 돈에 쪼들리는 수레시 마쑤르나 윌리엄 마테손보다 사실은 더 후했다. 딜라람에는 나린더와 사힙 싱이 있었는데, 그들의 어머니가 언제나 나에게 식사를 차려 주었다. 카란푸르에는 수드히어가 있었는데, 그의 아버지가 《프론티어 메일》이라는 신문의 발행인이었다. 나는 가끔 신문 일을 도와주면서 교정도 보고 기고문을 편집했다. 소중한 경험이었다.

그냥 친하기도 했지만, 내가 스물한 살에 조금 유명해진 것 때문에 그들은 나를 좋아했다. 자신들보다 겨우 두세 살 많은 나이였고, 내 늙은 친구들(수레시와 윌리엄 기타 등등)은 이루지 못한 일이었다.

어쨌거나 데라에서 프리랜서 작가로 2년을 있는 동안 내 수입은 더 오르지 않았고, 작가로서도 별 진전이 없었다. 잉글랜드에서 소설 하나 낸 걸로는 문학계에서 입지를 굳힐 수 없었다. 나 자신에게 불만스러웠던 시절이었다. 나는 구석지 둔에 처박혀서 영어 강습을 하고《프론티어 메일》따위에서 교정이나 보는 신세였다! 이런 식으로 몇 년 더 있을 수 있고, 그걸로 더 좋은 작가가 될 수도 있었겠지만, 마침 델리에 일자리가 나는 바람에 이사를 가는 게 낫겠다고 생각했다.

그래서 짐을 싸고 (내 소지품은 모두 옷가방 두 개에 쉽게 들어갔다), 젊은 친구들에게 돈 많이 벌어서 돌아오겠노라고 약속하고, 델리 행의 이른 아침 버스를 탔다! 충실한 딜라람 친구들은 계속 연락을 주고받았고, 가끔 델리에 찾아오기도 했다. 그러나 수레시나 윌리엄이나 대령에게는 소식 한번 없었다. 나는 3년이 지난 다음에야 데라로 돌아가게 되었다.

1960년대의 델리는 나에게 어울리는 곳이 아니었다. 파키스탄에서 들어온 피난민은 오락이나 문화 생활이 전혀 없는 불모지에서 넓게 복합 주거 단지를 형성했다. 책을 구하려면 라주리 가든즈에서 멀리 코너트 플레이스까지 가야 했다(버스로 45분 거리였다). 취미가 비슷한 친구를 만나려면 델리 트랜스포트를 타고 45분 더 타고 가서 올드 델리의 시빌 라인즈에 가야만

했다.

데라의 로얄 카페, 수레시 마쑤르 및 기타 친구들과 보낸 한가했던 시간이 정말 그리웠다. 딜라람 바자에서 함께 자전거를 타던 친구들이 그리웠다. 데라의 작은 서점, 여지나무, 집주인 아줌마의 따뜻한 구멍가게 위에 있는 램프불 밝힌 내 방.

돌아가고 싶었지만, 구호품 조달 사무실의 일은 수입이 꽤 짭짤했다. 그래서 나는 자유를 찾아 다시 떠나기 전에 몇 년 더 붙어 있어야겠다고 생각했다. 그 자유란 바로 성공적인 프리랜서 작가만이 누릴 수 있는 것이었다. 델리에서는 창작 활동이 활발하지 못했다. 크게 느끼는 것 없이 여행했다. 이야기 대신에 보고서를 쓰던 시절이었다.

3년 반이 지나서야 고향 마을을 찾아가서 화이트하우스 호텔에 방을 잡았다. 윌키 대령은 없었다. 그는 지난해에 간경변으로 죽었고, 그를 알고 있던 사람들이 간단하게 장례식을 치러 주었다고 했다.

장례식이 끝난 지 몇 주 뒤에 그의 부인이 나타나더니 그의 가재도구를 뒤져서 소지품 대부분을 인근 카바디 왈라 중고품 상인에게 팔아 넘겼다. 그녀는 남편 무덤 위치가 마음에 들지 않는다며 자신이 마구 옮겨 버리는 가구처럼 이장하길 원했지만, 마을 신부의 반대로 뜻을 이루지 못했다. 그녀는 비석 값을 내지 않고 순식간에 떠나 버렸다. 그래서 대령의 무덤에는 표시가 없었다.

윌리엄은 둔을 떠났다. 믿을 만한 정보통에 의하면, 그는 스위스에서 아버지의 부를 물려받았고, 그의 재산을 좀먹는 과테말라의 미인과 결혼했다. 언젠가 그가 다시 나타나서 나에게 돈을 꿔 달라고 할 것 같은 느낌이 들었다.

수레시에게도 행운이 찾아왔다. 그렇지만 내가 보기에는 순전히 뛰어난 관리 능력의 결과였다. 내가 떠난 다음해에 그는 중년의 과부 공주에게 라즈푸르 집을 팔았다. 그리고 그는 과부와 친밀한 관계를 텄고, 일 년 뒤 그녀와 결혼했다. 로얄 카페에서 만나서 잘 판단했다고 말했더니 좀 거슬렸던 모양이었다. 공주와 진정으로 사랑하는 사이라고 그는 장담했다. 그는 맥주 값을 내고, 집을 다시 내놨다고 말했다! 둘이 델리로 이사 갈 생각이었다.

딜라람 바자 친구들을 포함해서 모두가 데라를 떠나는 듯했다. 데라는 근근이 먹고살 수 있는 동네였지만, 젊은이를 위한 전망 좋은 직장도 없었고, '직업 교육'도 없었고, 제대로 된 사업 기회도 없었다. 학교 다니기는 좋은 곳이었지만, 졸업하고 나서는 많은 이들이 성공을 찾아 다른 곳으로 떠났다. 나처럼 이상한 사람이나 돌아오는 곳이었다. 그것도 잠시 동안.

다시 데라에 살고 싶었고, 그것에 대해 심각하게 고민도 했지만 계속 미뤄 두었다. 그러다가 델리에 질려 버렸고, 글을 쓰고 혼자 지내고 가끔 사랑에도 빠질 수 있는 고개에 있는 집을 찾았다.

그래서 40년이 지난 지금까지 나는 내가 자라고 작가가 된 골짜기 동네를 굽어보는 고개 위의 집에서 살고 있다. 나는 가끔 친구를 만나기 위해서가 아니라 (그들은 모두 제 갈 길을 떠났다) 내가 알던 마을의 느낌을 다시 포착하려고 계곡으로 내려간다.

장소라는 것이 원래 시간이 지나면 변하듯이 이 마을도 당연히 변화의 물결을 탔다. 정원이 있던 작은 마을은 정원이 없는 큰 마을로 자라났다. 큰 도시라고 할 수는 없지만, 그와 비슷하게는 되어서 도로는 혼잡해지고, 공해를 내뿜는 교통편들이 늘어났으며, 도시 건물이 빼곡하게 들어섰다. 여지 과수원이 조금 남아 있긴 하지만, 대부분은 주택지로 변했다. 여기저기 남아 있는 가게 주인들이 나를 알아보았다. 몇 개 남지 않은 오래된 건물의 벽 틈 사이로 보리수나무가 자라났다. 버스 정류장, 자동차 수리소, 난잡한 가건물이 들어서는 바람에 거대했던 광장은 줄어들었다. 어디를 가든 사람들이 가득했다. 1950년에 5만이었던 인구가 지금은 70만이 넘었다. 부유한 동네도 생겨났다. 시장에서는 돈을 벌 수 있다. 하지만 무직자와 직장을 잃을 사람들이 순간의 기회를 위해 서로 경쟁하게 될 것이다.

그러나 조용한 모퉁이도 있다. 앞뜰에 풀이 조금 있는 괜찮은 구식 건물. 아, 오랜 화이트하우스 호텔! 그 시대의 생존자들처럼 이제는 좀 낡았지만, 아직도 하룻밤 묵을 수 있다. 아침

에는 부겐빌레아 잎이 늘어져 있는 베란다에 앉아서 회고록을
써야겠다.